너와
나의
노이즈

너와
나의
노이즈

전여울
장편소설

키다리

차례

프롤로그

선택은 매번 달라지곤 했다.

지금 나의 선택은 한적한 시골 마을의 바닷가다.

좌아아~

끼룩끼룩~

파도 소리와 갈매기 울음소리가 뒤숭숭한 마음을 고요
하게 만든다.

소리를 듣고 있는 것뿐인데도 어디선가 바다 짠 내가

나는 것만 같다. 발바닥에서는 부드러운 모래 감촉이 느껴진다.

가만히 파도 소리에 집중하는데, 어디선가 듣기 좋은 웃음소리가 들려온다. 어떤 사람들이 온 걸까.

소리에 집중할수록 내 몸이 정말 바닷가를 거닐고 있는 것 같다는 착각이 든다. 정작 나의 몸은 기분 나쁜 시선들이 가득한 교실에 있을지라도⋯.

이어폰을 빼는 순간, 어떤 말이 들려올지 예측하는 건 너무나 쉬운 일이다.

"쟤 동생이⋯."

"누구?"

누구 이야기인지는 들리지 않지만, 나와 내 동생의 이야기일 거라 확신이 든다. 본래 나쁜 예감은 틀리는 법이 없다. 나는 누군가의 형이 아닌 오롯이 나, 한정원으로 있고 싶기에 귓구멍에 이어폰을 더 깊숙이 박아 넣는다.

볼륨을 더 키우면 다시 한적한 바닷가로 돌아갈 수 있다. 옷에 모래가 붙을 걱정 따위, 이 세계에서는 필요 없는 일이다. 나는 모래사장에 앉아 멍하니 바다를 바라본다. 파도가 밀려오는 소리가 들려올 때마다, 파도가 내 마음을 다독이는 것만 같다.

 괜찮다고, 괜찮다고…. 너는 잘못한 게 없다고.

 맞는 말이다. 남 탓이 취향은 아니지만, 가슴에 손을 얹고 맹세컨대 나는 잘못한 게 없다. 모든 일에 대한 책임은 한영원, 피는 물보다 진하다는 말을 증오하게 만든 내 동생에게 있다.

무소속 정원

"정원아, 너 되게 잘 잔다."

익숙한 목소리에 눈을 떠 보니, 눈가에 예쁘게 주름이 잡힌 얼굴이 보였다. 생글생글 웃고 있는 담임 선생, 김두나였다.

"문제는 자는 시간이 내 수업인 문학 시간이라는 거겠지?"

내가 겸연쩍은 얼굴로 어색한 웃음을 지어 보이자, 김선생은 콧잔등을 살짝 찡그렸다.

"가서 세수라도 하고 와."

반 아이들의 시선을 피해 복도로 나가자, 후덥지근한 공기가 바로 느껴졌다. 에어컨 바람이 나오는 교실이 천국이라는 사실을 깨닫는 데는 오랜 시간이 걸리지 않았다. 이럴 때 사막 여행 ASMR을 듣는다면 정말 생생할 텐데….

"너 또 ASMR 듣다가 잠든 거야?"

급식 시간, 동하가 자연스레 내 소시지 반찬을 집어 먹으며 말했다. 나도 동하의 반찬에 손을 댈까 하다가 소시지 말고는 시금치 무침과 깍두기뿐이어서 포기했다.

"몰래 조금만 듣는다는 게… 듣다 보면 끊을 수가 없더라고."

"네 마음은 이해가 되지만…."

나는 성의 없이 고개를 끄덕이며 대화에 응했다. 동하는 내가 그러든 말든 기어이 하나 남은 소시지까지 집어먹는 뻔뻔한 모습을 보였다.

"언제까지 그럴 순 없지 않을까 싶단 말이지."

"이 일로 진로를 정할 건데, 상관없지 않을까."

무소속 정원

"네가 그렇게 결심을 굳혔다면 더 할 말은 없는데 말이야. 내가 보기에 너는….”

"뭐?"

"아니야. 나 먼저 일어날게.”

"말해 보라니까?"

"그냥… 도망가고 싶은 것 같다고.”

상황이 이 모양인데, 도망가고 싶은 게 당연한 거 아닌가.

동하는 내 마음은 한껏 찝찝하게 만들어 놓고 곧장 자리에서 일어나 급식실을 벗어났다. 보나마나 학교 도서관에 갈 게 뻔했다.

멀어져 가는 동하의 바지 뒷주머니에는 영어 단어가 빼곡하게 적힌 종이가 꽂혀 있다. 그에 비해 내 뒷주머니에는 언제 넣어 뒀는지도 모를 휴지 조각이 들어 있다. 이런 작은 차이가 나를 ASMR이라는 콘텐츠에 더욱 집착하게 만드는지도 모를 일이다.

"취미가 특기가 돼야 하는 세상이에요."

명언을 하는 게 특기인 교장은 학생들을 보면 늘 그렇게 말했다. 자식들이 죄 영재로 태어나 모두 서울대에 들어갔다는 소문이 파다한 교장의 말은 허공에 떠다니는 다른 세상 이야기처럼 느껴졌기에 대부분 무시했건만, 어쩐지 저 말만은 무심히 넘기기가 어려웠다.

그도 그럴 것이 친구들은 그게 무엇이든 한 가지의 특기가 있기 때문이다.

중학생 1학년 때부터 미술부였던 친구는 예고 진학을 위해 미술 학원에 다니고 있고, 독서가 취미였던 친구는 논술반에 들어가 대입 논술 전형을 준비 중에 있다. 그 와중에 동하는 공부가 제일 쉽다는 흰소리를 하고 다니더니 정말 공부가 특기가 되어 우리 화연중의 수재로 불리게 됐다.

그에 비해 나는 어떤 것에도 속하지 않는다. 간단히 말해 무소속인 셈이다. 웹툰을 보는 걸 좋아하지만 스스로 웹툰을 그려 볼 생각은 추호도 해 본 적 없다. 사람들이 좋아할 이야기를 만드는 재주도, 눈이 번쩍 뜨일 그림을 그릴 재능도 없다는 걸, 누구보다 내가 제일 잘 알기 때문이다.

잘 산다는 이야기를 듣는 건 애초에 기대도 안했다. 하지만 어디 가서 못 산다는 이야기도 안 듣고 사는 게 내 유일한 욕심이다.

내가 할 수 있을 만큼 어렵지 않으면서도 내가 좋아하는 것. 나는 그 질문에 대한 답을 자취방에 멍하니 누워 있다가 찾게 되었다. 눕기 전 습관적으로 틀어 놓은 ASMR. 거기서 답을 발견한 것이다.

처음에는 딱딱한 물체를 두드리거나 음식을 씹어 대는 ASMR을 들었는데, 점점 백색 소음이라 불리는 ASMR에 관심을 가지게 되었다. 당시 내가 듣던 소리는 편백숲 산책 ASMR이었다.

삐루루루-

삐루루-

새들의 아름다운 울음소리와 바람에 나뭇가지들이 부 딪히는 소리를 가만히 듣고 있으면, 편백숲 한가운데 드 러누운 내가 그려졌다. 싸구려 매트리스가 숲속의 안락 한 나무 침대처럼 느껴지다니 낭만이란 게 참 손쉽기도 했다.

'이런 낭만을 내 손으로 만들어 볼 수는 없을까?'

평소에는 긍정적인 사고랑 거리가 먼 나였지만, 그때 만큼은 정말 내가 할 수 있을 것만 같은 열의가 피어올 랐다.

'까짓, 진짜 만들어 보자.'

그게 나의 특기가 될 수도 있겠다 싶었던 것이다.

이런 결심만큼은 생각으로만 남겨 두고 싶지 않아 바 로 몸을 일으켰다. 자취 생활을 하는 게 큰 도움이 됐다. 눈앞에 나를 통제하는 사람이 없다는 이점을 앞세워 새 벽 공원에 나간 것이다. (많은 사람이 오가는 대낮에 무언 가를 하는 건 내게 무리였다.)

다행히 가로등이 구석까지 잘 설치된 공원은 새벽 시

간에 혼자 걸어도 무서운 느낌이 들지 않았다. 나는 가로등 가까이에서 지이잉- 하고 흐르는 전류 소리부터 풀숲에서 나는 풀벌레 소리까지, 차근차근 새벽 공원의 소리를 담기 시작했다.

공원에는 커다란 저수지가 있어 운 좋게 물고기가 튀어 오르는 소리도 녹음할 수 있었다. 새벽까지 문을 닫지 않는 공원 주변 상가의 음악 소리까지 담았을 땐, 이 공원의 모든 소리를 담았다는 묘한 희열마저 느꼈다.

집에 돌아와 소리를 들어 보니 생각보다 크게 들리는 소리도 있었고 생각보다 작게 들리는 소리도 있었지만, 대체적으로 내가 본 새벽 공원의 분위기가 물씬 담긴 소리가 녹음된 것이 만족스러웠다.

하지만 ASMR은 무작정 소리만 녹음한다고 끝날 일이 아니었다. 편집이라는 막대한 업무가 남은 것이다. 나는 유튜브를 뒤져 가며 녹음된 소리를 편집하는 기술을 익혔다. 유료 프로그램을 사야 하는 게 조금 부담스러웠지만, 부모님이 옷 사 입는 데 쓰라고 준 용돈이 남아 있어

해결할 수 있었다.

다만 그 용돈이란 게 절대 넉넉하다고 하긴 어려운 사정인지라, 녹음 장비는 저렴한 핀 마이크를 사는 걸로 만족해야 했다. 때문에 내가 녹음한 소리는 깨끗하지 못하고 자잘한 노이즈가 많이 잡혔다.

나는 그 노이즈들을 편집 프로그램으로 일정한 톤으로 맞추어 균형감을 살리는 동시에 살리고 싶은 부분은 볼륨을 조금 더 키워 포인트를 줬다. 그렇다고 소리를 너무 키워서는 안 되는 법이라, 균형 잡는 게 중요했다. 오른쪽 귀에 들리는 소리와 왼쪽 귀에 들리는 소리가 너무 확확 바뀐다는 느낌이 들지 않게, 자연스러운 타이밍을 찾는 일 또한 ASMR 콘텐츠 제작에 중요한 포인트였다.

균형과 타이밍을 맞추는 일은 절대 쉽지 않았지만, 놀라우리만큼 재밌었다.

엄마가 꼭 가라고 당부에 당부를 더한 수학 학원과 영어 학원을 갔다가 곧장 집에 들어가 ASMR 콘텐츠의 퀄리티를 높이는 데 모든 시간을 보낼 정도로 열정을 불태

웠다.

그렇게 일주일 동안 애를 쓴 결과, 새벽 공원의 소리를 담아 낸 ASMR 콘텐츠를 완성할 수 있었다.

영광스러운 첫 번째 청자는 동하였다. 동하는 영어 듣기에만 쓰는 비싼 헤드폰을 내 콘텐츠를 위해 사용하는 모범적인 태도를 보였다. 아주 미세한 소리도 들을 수 있다는 동하의 헤드폰에 내 콘텐츠가 어떻게 들릴지, 기대 반 걱정 반으로 동하의 피드백을 기다렸다.

20분짜리 콘텐츠를 5분 남짓 들은 동하는 헤드폰을 벗으며 조심스레 말했다.

"잔잔한 게 좋긴 한데…."

"좋긴 한데?"

"워낙 이런 게 많아서. 너만의 이야기라든가, 개성 같은 게 들어가야 사람들이 다른 사람 게 아닌 네 것에 관심 있어 하지 않을까 싶네."

잔인할 정도로 냉철하고 이성적인, 그야말로 동하다운 피드백이었다. 틀린 말이 하나도 없다는 걸 알면서도 그걸 보완할 방법이 떠오르지 않았다. 몇 십만 명의 구독자가 있는 사람처럼 값비싼 장비를 살 수도 없고, 흔하지 않으면서 사람들의 이목을 확 끌 만한 장소를 찾아가는 것도 불가능했다.

그렇다면 나는 어떻게 하면 좋은가. 선택지는 두 개였다. 지금처럼 그냥저냥 별 매력 없는 ASMR 콘텐츠를 만들어 내든가, 아니면 포기하든가.

나의 선택은 놀랍게도 전자였다. 소리를 녹음하고 편집하는 일이 재밌기도 했고, 무엇보다 다른 특기를 찾는 것이 불가능한 일처럼 느껴져서였다. 게다가 '선의'라는 표현과는 거리가 조금 있지만, 나처럼 ASMR을 듣는 게 생활에 필수인 사람들에게 도움이 되는 어떤 것들을 만들고 싶다는 욕심이 든 것도 사실이었다.

내가 즐겨 듣는 대자연의 소리를 녹음할 수 있다면 너무 좋을 테지만, 학생이란 신분에 발이 묶여 선택의 폭이 넓지 않았다. 때문에 나는 틈만 나면 일상에서 들을 수 있는 잔잔한 소음이 들릴 만한 곳을 찾아다녔다. 도

시에서 생활하는 이들의 공감대를 건드려 보고자 한 것이다. 새벽 공원에 더 자주 나가는 건 물론이고 지하철 막차를 탄다든가, 카페 마감 시간까지 버티고 있다 집에 가는 식으로 온갖 소리를 녹음하고 다녔다.

녹음 뒤에 편집 작업은 기본이었다. ASMR 콘텐츠는 더 이상 기분 좋게 들을 수 있는 흥밋거리가 아닌 교재로 쓰였다. 나는 남이 정성스레 만든 ASMR을 들으면서, 그 세계가 만들어지는 과정에 대해 알아 가는 시간을 가졌다. 친구가 말 걸어 주는 콘셉트 같은 게 유행하고 있다는 걸 발견한다든가, 일부러 나처럼 저렴한 마이크를 써서 별별 노이즈를 다 들려주는 콘텐츠도 있다는 걸 알게 됐다.

은근히 인기가 많은 귀지 파는 상황극 ASMR을 만들기 위해선 귀 모양 마이크가 필요하다는 사실 또한 그런 마이크를 보여 주는 ASMR 유튜버를 통해 알게 되었다. 질 높은 ASMR 콘텐츠를 만드는 방법은 영업 비밀인지라 다들 잘 알려 주지 않았지만, 콘텐츠를 계속 듣는 것만으로도 귀가 트이는 기분이 들곤 했다.

　이런 경험을 살리면 나중에 구독자 수가 탄탄한 ASMR 채널에서 편집자로 일할 수도 있지 않을까 싶은 생각이 들 때쯤, 나의 눈 밑에는 짙은 그림자가 드리워져 있었다.

　"나는 동네 뒷산에서 판다가 내려온 줄 알았어."

　김 선생은 조례 시간에 잠이 덜 깬 내 얼굴을 보며 말했다. 나는 민망한 마음에 고개를 푹 숙였지만, 김 선생은 기어이 내 옆으로 와서 무슨 일이 있냐고 묻기까지 했다.

　"아무 일 없어요."

　"아무 일 없다는 자식이 얼굴이 이렇다는 게 말이 안 되는데."

　차라리 비아냥이면 좋을 걱정이 이어졌다. 제발 그냥 좀 넘어가면 좋으련만. 김 선생의 잔소리가 이어질수록 목덜미가 달아올랐다. 반 아이들의 눈이 모두 나를 향하고 있는 게 느껴졌다. 당장이라도 '쟤 동생이….'라는 소리가 들려올 것만 같았다.

"제발 좀, 아무 일도 없다고요!"

갑작스러운 내 외침에 김 선생을 비롯해 모두가 얼어붙고 말았다. 벌떡 일어선 나를 보는 반 아이들의 눈초리가 아까보다 싸늘하게 느껴졌다.

"죄송합니다."

나는 그대로 자리에 앉았다. 순간적으로 욱해서 소리는 질렀지만, 교실을 뛰쳐나갈 용기까지는 없었다. 김 선생은 내 어깨를 툭툭 치더니 목소리를 낮춰 말했다.

"이따가 상담실에서 잠시 보자."

안 그래도 피곤한 삶인데 김 선생은 어째서 나에게 꽂힌 걸까. 할 수만 있다면 제발 내게서 신경 좀 꺼 달라고 싹싹 빌고 싶은 심정이었다.

무거운 발걸음으로 들어선 상담실은 하얀색 벽에 조명마저 밝아 눈이 부셨다. 김 선생은 멀뚱히 선 나를 보고 피식 웃었다.

"내가 하고 싶은 말은 말이지."

나는 고개만 끄덕였다. 무슨 말이든 잔소리로 이어진다면 적당히 고개만 주억거리다가 "알겠습니다." 하고 끝낼 생각이었다.

　하지만 김 선생은 의외의 말을 꺼냈다.

　"선생님이 바보 같았다는 거야. 미안해. 내 배려가 부족했어. 세상 어느 중학교 3학년이 반 애들 다 있는 데서 속사정을 말한다고 그렇게 대놓고 물어봤는지."

　김 선생이 이렇게 학생 마음을 헤아리는 선생이었다니. 나는 내심 놀라워하며 이어지는 말에 귀를 기울였다.

　"네가 진짜 별일 없을 수도 있겠지만, 그걸 물어보는 방식은 별로 좋지 않았던 것 같아. 평소 얌전하던 네가 큰소리까지 낼 정도면 스트레스를 크게 받았나 싶더라고."

　아까 교실에서 김 선생의 당황하던 얼굴이 스쳐 지나갔다.

　"죄송해요."

　"죄송은 뭐, 나도 잘한 게 없는걸. 요즘 생각이 많아 보이는 정원이를 위해 무엇을 해 주면 좋을까 하다가 말이야, 이걸 생각해 냈어.”

김 선생은 주머니 속에서 명함 한 장을 꺼내 나에게 건넸다. 명함에는 〈고요한 양로원 원장 김하나〉라는 사람의 정보가 적혀 있었다. 연락처와 메일 주소, 양로원의 위치까지 적힌 이 명함을 내게 왜 주는 걸까.

나의 어리둥절함을 눈치챘는지 김 선생이 설명을 이어 갔다.

“여기 우리 언니가 운영하는 곳이거든? 정원이 너, 희망하는 전공이 ‘사회 복지’잖아. 여기 가 보면 네 진로에 도움이 되지 않을까 싶어서 말이야.”

나의 희망 전공은 내 의사는 전혀 반영되지 않은, 오로지 엄마의 생각일 뿐이었다. 엄마는 옥탑방에 살던 어린 시절, 쌀과 연탄을 가져다주러 그 높은 꼭대기 집까지 찾아온 사회복지과 공무원 아저씨들이 그렇게 멋있을 수 없었다며, 내게도 그런 사람이 되라고 했다. (엄마의 진짜 속내는 이것도 저것도 제대로 해 내지 못할 거면 공무원이 되는 게 최고다, 이긴 했지만….)

문제는 내가 이런 상황을 김 선생에게 말할 용기가 없다는 거였다. 중학교 3학년이나 되어서 '엄마 말대로만 하는 이미지'가 덧붙여지는 건 싫었다. 이미 '문제아 동생에게 휘둘리는 힘 없는 형'이라는 이미지가 있는 상황이라 절대 사양하고 싶은 일이었다.

"거기 가면 잔심부름 같은 거 시킬 거야. 우리 언니가 남한테 일 시키는 데 달인이거든. 그거 하고 봉사 활동 확인서 달라고 해. 네가 대학에 대해 어떻게 생각하는지 아직 잘 모르지만, 혹여 가고 싶단 생각이 들면 봉사 활동도 나름 중요한 활동이니까."

"네….."

나는 명함을 만지작거리며 힘없이 답했다. 김 선생은 나를 향해 부담스러우리만큼 다정한 미소를 보냈다.

그 순간 속으로 이런 생각을 했던 것도 같다. '김 선생도 내 동생에 대한 이야기를 듣고 동정심에 친절하게 대해 주는 걸까?' 하는 영양가 없는 생각이었다.

웰컴 고요한 양로원

용돈 좀 보내 줄게.

주말에 선생님이 소개해 준 양로원으로 봉사를 갈 거라고 하자, 엄마는 다짜고짜 오만 원을 보내 왔다. 용돈이야 언제든 환영일 수밖에 없지만, 잘 다녀오라는 말보다 용돈이 앞서는 게 마뜩지 않았다. 그래도 엄마에게 보내는 나의 인사는 늘 같았다.

고마워요, 잘 쓸게.

고요한 양로원은 내가 사는 곳에서 지하철로 20분 가량 걸리는 곳에 있었다. 아파트보다 빌라가 많은 조용한 동네였다. 중간중간 고추밭과 상추밭이 보이는 게 시골이라고 부르기는 애매하지만, 도시라고 불릴 수도 없는 곳이었다.

고요한 양로원은 제법 높은 언덕 위에 자리 잡고 있어서 일을 시작하기 전부터 티셔츠에 땀이 흠뻑 스며들었다. 다음에는 순면으로 된 티셔츠를 입고 와야지 생각하면서 도착한 양로원은 모양새가 나쁘지 않았다.

내 무릎보다 한 뼘 높은 하얀 울타리가 둘러 세워진 마당은 여느 유치원의 그것만큼이나 넓었으며, 이름 모를 꽃과 나무들이 가지런히 심겨 있었다. 건물 벽은 산뜻한 베이지색 벽돌로 되어 있어 튼튼하면서도 안정적인 느낌을 줬다. 누군가 양로원 이름을 느낌 있게 휘갈겨 쓴 간판을 보았을 땐, 잘 찾아왔구나 싶었다.

내가 울타리 문 주변에서 서성거리자 나뭇가지처럼 깡마른 여자가 나타났다.

웰컴 고요한 양로원

"봉사 활동하러 온 학생 맞죠?"

"네, 맞아요."

"들어와요. 내가 여기 원장 김하나예요."

자매가 어떻게 이렇게 다를 수 있을까. 김 선생은 하얀 얼굴에 긴 곱슬머리인데 비해, 김 원장은 거무스름한 얼굴에 딱 떨어지는 단발이었다. 그래도 가느다란 눈매는 판박이네, 생각을 하며 김 원장이 안내하는 대로 걸었다.

김 원장은 〈사무실〉이라고 적힌 곳으로 나를 이끌었다. 방은 아담했지만 통창이 되어 있어 양로원 정원을 한눈에 살펴볼 수 있었다. 내가 들어온 것도 이 창을 통해 확인했을 터였다. 김 원장은 나를 둥그런 테이블 앞에 앉히고 녹차와 초코 비스킷을 내어 주었다.

"동생한테 들었어요, 복지 쪽에 관심이 있다고. 여기는 내가 개인적으로 운영하는 곳인데, 보다시피 건물이 큰 편은 아니라 입소자가 네 명밖에 안 돼요. 그래서 특별한 일거리는 없을 거고."

나는 초코 비스킷을 우물거리며 고개를 끄덕였다.

"복지라는 게 사람을 위하는 마음이 없으면 하기 어려운 거잖아요. 여기서 시간을 보내다 보면, 내 안에 정말 그런 마음이 있는지 확인할 수 있는 순간이 올 거예요. 물론 봉사 활동 확인서도 줄 거고요."

사회복지학과에는 먼지 한 톨만큼도 관심이 없었지만 '남을 위하는 마음을 확인할 수 있는 순간'이라는 말이 강하게 다가왔다. ASMR도 그런 취지로 만들기 시작한 거니까.

"2주일 정도는 해 봐야겠죠? 오늘이 토요일이니까 내일도 나오고, 다음 주도 토, 일 연속으로 나와 보는 건 어때요?"

"네, 좋아요."

그렇게 양로원 방문 약속이 맺어졌다. 김 원장은 자기 몫의 녹차를 비우더니 자리에서 일어났다.

"양로원 분들을 소개해 드릴게요. 다들 본인 방에 계실 테니까 하나하나 방문하면서 소개 시간을 갖죠. 아,

그리고."

김 원장은 사무실 문을 열기 전 멈춰서서 말했다.

"여기서는 할머니, 할아버지라는 호칭을 안 써요. 본
인들만의 별칭이 있거든요. 정원 학생도 그 별칭으로 불
러 주면 돼요. 참고로 저는 직함이 곧 별명이에요. 김 원
장. 깔끔하죠?"

별칭이라니, 희한도 하셔라. 하지만 로마에선 로마법
을 따라야 하는 법. 나는 고요한 양로원의 규칙을 기꺼
이 받아들이기로 했다.

"네, 그럴게요."

우리는 바로 옆방인 101호로 향했다. 101호 문에는 석
고로 만든 듯한 팻말이 걸려 있었다. 장미와 비둘기가
섬세하게 조각된 팻말 중앙에는 '마리의 집'이라는 글자
가 새겨져 있었다. 예전에 아파트 옆집에 살던 아주머니
가 키우던 개 이름이 마리였는데. 나는 하얀 털에 윤기
가 좔좔 흐르던 몰티즈를 떠올리며 슬쩍 웃음 지었다.

그런 내 앞에 모습을 드러낸 건 화장이 말도 못 하게

진한 할머니였다. 그것도 온통 분홍색이 가득한 방에 하얀 레이스 원피스를 입은….

양 갈래로 곱게 땋은 금발 머리, 분 냄새가 날 만큼 하얀 파우더가 겹겹이 덮어진 얼굴, 뺨과 입술을 형광 분홍색으로 물들인 할머니가 손을 내밀며 인사를 건넸다.

"안녕, 난 마리야!"

"어… 안녕하세요."

"어, 는 반말이지만, 그래도 봐 줄게! 난 상냥한 마리니까."

겉모습부터 말투까지, 마리의 모든 게 나를 혼란스럽게 만들었다.

"여기는 마리 님이고요. 이쪽은 봉사 활동을 온 한정원 학생이에요."

"정원? 가든 한이라고 하면 되나?"

이걸 웃어야 해, 말아야 해. 나는 반은 웃고 반은 울상인 얼굴로 김 원장을 바라봤다. 김 원장은 익숙하다는 듯 힘없이 웃었다.

"역시 우리 마리는 위트도 넘치셔. 정원 학생이든 가든 학생이든, 앞으로 반갑게 인사해 주세요. 필요한 일 있으면 부탁도 하시고요."

"응, 마리는 남한테 일 시키는 거 엄청 잘하니까 걱정 마."

"그럼요, 그건 제가 100퍼센트 보증할 수 있죠."

김 원장은 마리에게 공용 부엌 냉장고에 딸기 우유를 넣어 놨으니 가 보시라는 말을 남기고 방을 나섰다. 나는 김 원장에게 바짝 붙어 따라나섰다.

다음 방인 102호의 문을 열리기 전, 김 원장은 내게 속삭였다.

"아까도 말했지만, 여기는 별칭을 써요. 마리는 그냥 편하게 '마리'라고 부르세요. 그걸 원하시거든요. 다른 부분들도 마리의 취향이니까 있는 그대로 봐 주고요."

취향이라는 말로 설명할 수 있는 이야기인가, 이게? '순자'라는 이름의 한국 할머니 몸에 외국 소녀 '마리'의 영혼이 있는데?!

김 원장은 자신이 해 줄 이야기가 끝났다는 듯 102호

문을 노크했다. 곧 들어와도 된다는 남자의 목소리가 희미하게 들려왔다.

102호는 마리의 방과 달리 요란한 팻말이 달려 있지도, 내부가 분홍색이지도 않았다. 그저 선인장 화분이 다소 많을 뿐이었다. 침대와 화장실 가는 길목을 제외한 모든 공간 정도.

"여기는 이파리 님이에요. 이파리, 이쪽은 잠시 양로원 일을 도와줄 정원 학생이에요."

김 원장은 수많은 선인장 사이로 메마른 고목처럼 서 있는 이파리를 소개했다. 이파리의 키는 매우 커서 살짝 비어 있는 정수리가 천장에 닿지 않을까 생각될 정도였다. 이파리는 나를 내려다보며 눈을 껌뻑였다. 최소한의 물기마저 말라 버린 것 같은 눈동자는 나무 수액을 응집시켜 만든 구슬처럼 보였다.

"잘 부탁드려요."

이파리는 내 인사에 아무런 표정 변화 없이 고개를 끄덕였다. 나는 그 눈동자를 계속 보고 있기가 민망해서 머쓱하게 웃으며 시선을 돌렸다.

"이파리 님은 우리 양로원 최고의 정원사예요. 마당에서 기르는 꽃이랑 허브도 다 이파리 님이 가꾸신답니다. 이파리, 나중에 정원 학생이 도울 일 있으면 말씀 주세요."

또 한 번 고개 끄덕. 그게 이파리의 답이었다.

그만하면 되었다고 생각했는지 김 원장은 이제 2층으로 가 보자고 했다.

"2층에는 두 분 다 남자 분이에요."

김 원장은 그렇게 말하며 201호의 문을 두드렸다. 곧 문이 열리고, 동네에서 흔히 볼 수 있는 평범한 인상의 할아버지가 나타났다.

"베이커, 봉사 활동 온 학생을 소개해 드리려고요. 정원 학생, 인사드려요. 여기는 베이커 님이에요."

"안녕하세요."

"어, 어. 그래. 잘 왔네. 봉사 활동이라니 기특해, 아주."

베이커는 별칭만 빼면 평범한 노인이었다. 입에서 지독하고도 구수한 막걸리 냄새가 새어 나오기 전까지는 그랬다.

"아, 술 냄새! 베이커, 또 술 드셨죠?"

김 원장이 인상을 구기며 목소리를 높였다. 술을 얼마나 마신 건지 밝히겠다는 듯 베이커의 입 쪽으로 코를 드밀었다. 베이커는 난감한 얼굴로 손을 내저었다.

"오해하지 마. 요즘 유행하는 막걸리 쉐이크야. 그냥 먹걸리가 아니라."

"쉐이크요?"

김 원장은 베이커의 책상에 놓인 막걸리 병을 치켜들었다.

"여기 증거가 있는데 계속 거짓말하실 거예요?"

"거기 사이다도 있잖아. 사이다와 막걸리를 섞었으니 완전히 거짓말도 아니지."

베이커는 민망했는지 더 크게 너털웃음을 지으며 말했다. 김 원장은 막걸리 병을 화장실로 가져가 남은 걸 전부 변기에 쏟았다.

"절대 술 드시면 안 되는 분이 왜 그러세요, 정말. 한

번만 더 이러시면 알코올 의존증 치료 병원에 가시라고
할 수밖에 없어요."

"아, 알았어. 너무 무섭게 굴지 말라고."

베이커는 그렇게 말하며 김 원장의 등을 떠밀었다. 나
는 김 원장이 방에서 쫓겨나는 동안, 베이커의 방에 있
는 트럼펫을 보았다. 한눈에도 잘 관리된, 아니 어쩌면
산 지 얼마 되지 않은 새것 같았다.

"자네도 트럼펫에 관심 있나?"

"아, 그런 건 아닌데…."

"그래? 관심 생기면 언제든 말해 줘."

제법 당당한 폼이 어디서 트럼펫 한번 제대로 불어 본
사람 같았다. 그래, 언젠가 트럼펫 소리를 ASMR로 담아
볼 수도 있겠지 싶어 고개를 끄덕였다.

베이커의 부담스러운 윙크를 끝으로 김 원장과 나는
201호 방문을 마치게 되었다.

다음은 마지막 남은 202호였다. 또 얼마나 유별난 사
람일까, 기대가 되던 차였다. 김 원장은 조심스레 문을

두드렸고, 얼마 안 가 멀끔한 양복 차림의 노인이 모습을 드러냈다.

"원장님, 어쩐 일로?"

"아, 미스터 킴. 이번에 봉사 활동 오게 된 학생이 있어 소개해 드리려고요. 인사하세요, 여기는 정원 학생이에요. 중학교 3학년이고요."

"그래요, 만나서 반가워요. 정원 학생. 나는 성이 김씨라서 여기서 '미스터 킴'으로 불리고 있어요."

문틈 사이로 보이는 미스터 킴의 방에는 커다란 화분 하나가 있을 뿐이었다. 짙은 화장도, 금발도 하지 않은 미스터 킴은 입에서 술 냄새를 내뿜지도 않았다.

다만 지푸라기처럼 푸석해 보이는 회색빛 머리카락과 붉게 충혈된 눈동자, 그 밑으로 짙게 깔린 다크서클이 무척이나 인상적이었다. 다크서클이라면 나도 어디 가서 빠지지 않는다고 생각했는데, 미스터 킴에 비하면 내 얼굴은 청초해 보일 지경이었다.

"아, 네. 잘 부탁드려요."

웰컴 고요한 양로원

"그래요, 있는 동안 잘 지내 봅시다."

미스터 킴은 마지막 인사까지 깔끔했다. 고요한 양로원에서 정상적인 사람은 미스터 킴 하나뿐인 건가. 어두운 동굴 속에 있다가 빛 한 줄기를 찾은 기분이었다.

이런 나와 달리 김 원장은 계단을 내려오자마자 깊은 한숨을 내쉬었다. 손으로 얼굴을 감싸기까지 하는 게 보통 괴로워 보이는 게 아니었다.

"왜 그러세요?"

"미스터 킴 얼굴을 보니까 또 한잠도 안 주무셨구나 싶어서요."

"안 주무신다고요?"

"네, 정원 학생도 미스터 킴의 다크서클 봤죠? 그게 잠을 안 자서 생긴 거거든요. 암만 좀 주무시라고 말씀드려도 들은 척도 안 하시고…."

"무슨 이유로 그러시는 거예요?"

"그건 내 입으로 이야기하기는 좀 그렇고…."

김 원장은 말을 하다 말고 주머니에서 담배를 꺼내려

다가, 아차 싫었는지 황급히 주머니에 넣었다.

"미안해요, 초조한 마음에 못난 모습을 보였네. 사운드 테라피 같은 요법을 알려 드린다고 해도 싫다고만 하시니 속이 타네요."

사운드 테라피라는 말에 나는 곧장 ASMR이라는 내게 친숙한 단어를 떠올렸다. 어쩌면 내가 무언가를 할 수도 있을 것 같았다.

"저 혹시….."

"혹시?"

"여기서 제가 할 일 중에….."

"할 일 중에?"

"미스터 킴을 돕는 것도 포함될 수 있을까요?"

김 원장은 난데없는 내 제안에 눈을 휘둥그레 떴다.

"미스터 킴을 돕다니요?"

"어쩌면 제가 그 분이 잠들 수 있게 돕는 방법을 알 것도 같아서요."

만약 내가 잠 못 드는 노인을 잠들게 한다면, 진정 남

을 위한 ASMR을 만든 거겠지. 취미가 특기로 인정받는
순간이 될 수도 있을 거야.

　그때 나는 그렇게 생각했었다. 매우 안일하게도.

다정한 냉혈 인간

"그러니까 저기 ASMR이라는 게 있는데요⋯."

참으로 민망한 설명이 아닐 수 없었다. 낯부끄러운 마음에 중간중간 버벅거리는 모습을 보였지만, 김 원장은 그런 내 모습을 비웃지 않고 끝까지 이야기에 귀 기울여 주었다.

"그러니까 정원 학생이 만든 ASMR로 미스터 킴을 잠들게 해 보겠다, 이런 거죠?"

"맞아요⋯."

김 원장은 잠시 고민을 좀 해 보겠다는 말을 남기고

건물 바깥을 향했다. 나는 김 원장이 자리를 비운 사이, 내가 지금 무슨 일을 벌이고 있는지 생각해 보았다. 괜한 말을 꺼냈나 싶은 생각이 80, 그래도 한번 해 보면 괜찮지 않을까 하는 생각이 20이었다.

뱉은 말을 다시 주워 담을까 고민 중일 때 김 원장이 스리슬쩍 나타났다. 희미하게 민트 냄새가 났다. 민트향 담배를 피우는 모양이었다.

"미스터 킴이 잠에 대해선 민감하신 편이라… 괜한 일을 벌이는 건 아닐까 고민돼서요. 하지만 병원 가는 것도 한사코 싫다고 하시니 이것저것 노력해 보는 건 나쁘지 않을 것 같아요. 한번 해 봐요. 나도 미스터 킴을 설득해 볼게요."

"아, 네!"

그래, 이왕 이렇게 된 거 정말 잘해 봐야지 싶었다. 부담스러우면서도 좋은 기회라는 생각이 들어 온몸에 힘이 바짝 들어갔다. 불면증을 가진 할아버지를 재운 ASMR이라면 절대 흔하지 않은 사연이니까 대중들에게 반응이 좋을 것 같았다. 김칫국일 확률이 매우 높지만, 알고리즘의 가호를 받아 구독자 오십 만의 유명 유튜버가 된 내 자신을 떠올리니 가슴이 두근거렸다.

그러기 위해서 제일 먼저 할 일은 미스터 킴에게 내가 만든 ASMR을 자연스럽게 들려주는 것이었다. 김 원장은 내게 미스터 킴이 좋아하는 유자차를 가져다주면서 말문을 터 보라 했다.

"이런 상큼하고 달콤한 걸 좋아하신다니까요."

김 원장은 피식 웃으며 유자차가 담긴 쟁반을 건넸다. 달짝지근한 향이 코끝을 간지럽히는 게 싫지 않았다. 나는 쟁반을 들고 조심스레 계단을 올라 미스터 킴의 방으로 향했다.

미스터 킴의 방문은 베이커의 방문과 똑같이 생겼지만, 더 무거운 듯한 인상을 풍겼다. 잠시 방문 앞에 쟁반을 내려놓고 노크를 했다.

곧 문이 열리고 미스터 킴의 서글서글한 얼굴이 드러났다.

"무슨 일이죠?"

"아, 원장님이 유자차를 가져다드리라고 해서요."

"들어오세요."

미스터 킴은 방 한가운데에 있는 테이블로 나를 안내했다. 조심스레 쟁반을 내려놓고 꾸물대자, 미스터 킴은 내가 할 말이 있다는 걸 알아챈 듯 빈 의자를 슬며시 가리켰다. 조심스레 의자에 엉덩이를 내려놓자 미스터 킴 역시 맞은편 의자에 앉았다.

"유자차 좋아해요?"

"아, 네. 할머니 집에서 몇 번 먹어 봤어요."

"그랬군요. 종이컵에 좀 덜어 줄 테니 마시고 가요."

대화를 이어 가기 위해선 미스터 킴의 호감을 사는 게 우선이었다. 나는 거절하지 않고 미스터 킴이 건넨 유자차를 마셨다. 상큼한 유자향이 입안 가득 퍼졌다.

"입에 맞아요?"

미스터 킴은 그렇게 묻고서 싱긋 웃었다. 그러곤 서랍장을 열어 아메리카노 커피 봉지 두 개를 꺼내 곧장 유자차가 든 잔에 털어 넣었다. 노란빛 유자차가 갈색으로 물들었다.

"커피를 마시고 싶은데 하나 원장이 주려고 하지 않으니 유자차를 시키는 편이에요. 이렇게 먹어 봤더니 제법 먹을 만하지 뭐예요."

미스터 킴은 묘한 빛깔의 유자 아메리카노를 잘도 마셨다. 잠을 안 주무신다더니, 미각이란 걸 완전히 잃어버린 게 아닐까 의심되는 순간이었다.

나는 미스터 킴이 비운 잔을 넋 놓고 바라보다가 '이제 갈 때가 되지 않았니?' 하는 눈빛을 보고서야 내가 이 방에 온 목적을 떠올릴 수 있었다.

"제가 요즘 몰두하고 있는 취미가 있는데요."

"취미요?"

나는 갓 생성된 AI처럼 어색함이 가득한 어투로 말을 이어 갔다.

"네, ASMR이라는 게 있는데요. 사람에게 정서적인 쾌감이나 안정감을 주는 소리를 의미해요. 제가 그걸 엄청 즐겨 듣다가 최근엔 직접 만들기까지 하고 있어요."

미스터 킴은 내 말에 호응하며 고개를 끄덕였다.

"요즘엔 참 별 게 다 있네요."

"그, 그렇죠?"

내가 만든 ASMR을 들려 드리고 싶다고 말할 차례였다.

"그런데, 그걸 나에게 말하는 이유가 뭔가요."

"네?"

"대략 짐작이 가서 말이에요. 내 대답은 '노.'라는 거 알아 두면 좋겠네요. 티타임은 여기까지 할까요?"

젠틀하게 꺼지라고 말하는 미스터 킴 앞에서 더는 아무 말도 할 수 없었다.

"작전 실패예요."

결과를 전하자, 김 원장은 놀라지 않는 얼굴로 고개를 끄덕였다.

"그럴 줄 알았어요. 그래도 이왕 맘먹은 거 너무 이르게 포기하진 말아요. 나도 한 번 더 말해 볼 테니. 정원 학생은 내가 이야기해 보는 동안 이걸…."

김 원장은 나에게 모종삽과 청바지로 만든 앞치마를 건넸다. 자기가 미스터 킴을 설득하는 동안 마당에 있는 잡초를 뽑으라는 이야기였다. (할 일이 별로 없을 거라던 김 선생의 말이 거짓임이 증명되는 순간이었다.)

아무렇게나 난 것처럼 보이는 풀을 뽑으면 된다는 김 원장의 말대로 나는 마당에서 뭔가 그럴싸해 보이는 풀들을 제외한 푸른 것들을 뽑기 시작했다. 쪼그려 앉아 있느라 다리가 저려 왔지만, 뿌리까지 말끔하게 파낸 잡초들을 보는 기분이 썩 나쁘지 않았다.

"와, 풀 뽑는 거야?"

높은 톤의 목소리, 마리였다. 마리는 어느새 내 옆에 쪼그려 앉더니 내가 뽑아 둔 풀을 헤집기 시작했다.

"잡초만 뽑기는 했네."

"개중에 다행이네요."

마리는 함께 풀을 뽑아 주진 않았지만, 내가 잡초가 아닌 다른 것들을 손댈라 치면 바로 알려 주었다.

"네가 뽑아 버릴 뻔한 차이브라는 허브는 나중에 보라

색 꽃을 피워. 음식 재료로도 쓸 수 있지. 나중에 내가 크림치즈 넣어서 베이글이랑 맛보게 해 줄게."

차이브가 어떤 맛을 낼지는 모를 일이지만, 크림치즈와 베이글 조합이 실패하기는 어려운 일이다.

"정말이죠?"

"그럼, 마리는 그런 걸로 거짓말 안 해."

"고마워요, 마리."

"물론 베이글이랑 크림치즈는 네 돈으로 사 와야겠지만."

'네 돈으로 사오라.'는 말만 없었어도 마리를 인간 대 인간으로 많이 좋아할 뻔했다. 마리는 내가 뽑은 잡초를 샅샅이 살펴보더니, 자기 방으로 돌아갔다. 금방 장난감에 흥미를 잃는 아이 같았다.

나는 잡초를 한군데 모아 두고, 김 원장에게 어떻게 처리하면 좋을지 묻고자 했다. 사무실에 있던 김 원장은 컴퓨터 모니터에서 눈을 떼지 않은 채 답했다.

"그건 이파리 님 전문이거든요. 도와 달라고 말해 보세요."

"네, 그럴게요."

이파리는 뭔가 대하기 어려운 느낌이었지만, 다른 방법이 있을 리 없었다. 이파리의 방에 찾아가 잡초를 어떻게 처리하면 좋을지 묻자, 이파리는 잽싸게 침대 아래서 포대 하나를 꺼냈다.

"같이 가게요."

이파리의 낮은 목소리는 사람을 움찔하게 만드는 힘이 있었다. 나는 긴말 않고 이파리를 따라갔고, 이파리는 내가 뽑아 둔 잡초를 능숙하게 포대에 담기 시작했다. 내 역할은 포대를 잘 벌린 채 들고 있는 것뿐이었다.

"이건 어디에다 버리나요?"

"버리지 않아요. 잘 말려서 퇴비로 쓰죠. 잡초들도 다 쓸모가 있거든요."

이파리의 말에 약간의 무안함을 느꼈지만 내가 뽑은 잡초가 버려지지 않는 데에 기쁨을 느꼈다. 이파리는 빵빵해진 포대를 양로원 뒤편으로 가져갔다. 퇴비를 만드는 곳이 거기 있는 모양이었다.

"수고했어요. 오늘은 여기까지 해요."

어느새 모습을 드러낸 김 원장이 엄지를 올리며 말했다. 내가 알겠다는 뜻으로 고개를 끄덕이자, 김 원장은 더 가까이 다가와 속삭이듯 말했다.

"내일 한 번 더 이야기해 보는 것까지 오케이."

내가 잡초를 뽑는 사이, 김 원장은 미스터 킴과 이야기를 나눈 모양이었다. 과연 내일 다시 이야기를 해 본다고 해서 그 고집을 꺾는 게 가능할 것인가. 의심이 피어오르는 것과 별개로 "알겠습니다!" 하고 대답해 버리고 말았다.

스으으으으

또각또각

저벅저벅

통통통

어, 그러니까 거기 또 가고 싶다니까

재밌었지, 정말

지하철이 승강장으로 들어오고 나갈 때 발생하는 바람 소리, 지하철이 역에 정차할 때마다 타고 내리는 사람들의 발걸음 소리, 지하철에서 조용하게 대화를 나누는 연인들의 목소리….

집으로 돌아가는 길에 나는 마이크를 꺼내 소리를 녹음했다. ASMR 만드는 데 쓸 소리들이었다. 남들의 평화로운 시간이 담긴 소리를 듣다 보면 나의 시간 역시 평화롭다는 착각이 들기 마련이니까.

집에 도착해서는 수집해 온 소리를 열심히 편집했다. 자그맣게 들리는 바람 소리는 볼륨을 조금 더 키우고, 사람들의 말소리는 어떤 이야기를 하는지 추측조차 할 수 없게 줄였다. 객실 내 역무원의 안내 멘트에는 노이즈를 많이 넣어 역 안내만 귀에 팍 꽂히지 않게 했다.

소리 편집은 완전 초보이다 보니 편집하는 데만 4시간이 걸렸다. 하지만 완성된 음원을 들어 보니 여태 내가 만든 것 중에 가장 완성도가 높아서 기분이 썩 좋았다.

'미스터 김이 이걸 듣는다면 스르륵 잠들 수도 있지 않

을까.'

부푼 꿈을 안고 ASMR 파일을 내 핸드폰에 저장했다.

일요일 아침, 나는 미스터 킴의 효과적인 ASMR 청취를 위해 아끼는 헤드폰을 챙겨 집을 나섰다.

만반의 준비를 하고 간 양로원에서 제일 먼저 만난 사람은 베이커였다. 베이커는 마당 한편에서 트럼펫을 불고 있었다. 그의 연주는 정말이지 끔찍했다. 무엇을 연주하는지 모르겠지만, 음정과 박자가 하나도 맞지 않는다는 것 하나는 분명했다.

곤란한 것은 내가 자기 연주를 듣고 있다는 걸 눈치챈 베이커가 연주에 더욱 열정을 쏟는다는 사실이었다. 베이커의 얼굴에 땀이 비 오듯 흘렀다. 나는 웃지 않기 위해 온몸에 힘을 주었다. 피식 하고 웃음이 새어 나오는 순간, 모든 것을 망치리라.

"어땠어? 내 연주."

다행히 내가 웃음을 터트리기 전, 베이커의 연주는 마

무리되었다. 나는 연신 흐르는 땀을 닦으며 해맑은 미소를 짓는 베이커에게 박수를 보냈다.

"정말 열심히 하시는 게 보였어요."

빈말이라도 '잘'이라든가 '훌륭하다'라는 말은 할 수 없었다.

"그랬군. 이래 봬도 나, 쳇 베이커를 좋아하거든. 알지? 재즈의 신. 내가 그 양반 연주하는 걸 듣고 얼마나 막걸리를 많이 마셨던지."

"막걸리요?"

"김 원장에게 괜한 말은 전하지 않을 거라 믿어. 아무튼 이 양반 연주에 대한 감동을 이어 가고 싶어서 여기서 불리는 이름도 베이커로 정한 거야."

베이커는 묻지 않은 자기 이야기를 해 주었다.

"믿고 안 믿고는 자유지만, 내가 한때는 사업한다고 해외에 많이 나갔거든. 어느 날은 뉴욕이었나. 제법 큰 계약을 성사시키고 혼자 바에 가서 자축을 하는데 쳇 베이커의 음악이 흘러 나오지 뭐야. 그때 완전히 반해 버렸지. 그 음악을 들으며 만난 사람도 있는데, 아아… 그 이야기는 다음에 하지."

뒷이야기가 궁금했지만, 대화를 마무리하고 싶은 사람을 억지로 붙잡으면서까지 호기심을 채우고 싶진 않았다. 내가 고개를 가볍게 끄덕이자, 베이커는 그런 내 태도가 마음에 들었는지 엄지를 치켜들었다.

"다음에는 더 멋진 연주를 들려줄 테니까 기대하라고."

"네. 네. 그럴게요."

이야기는 몰라도 연주만큼은 하나도 기대 안 된다는 속내를 감추기 위해 나는 무진 애를 써야 했다. 그렇게 '엉터리 베이커'와 떨어지고 곧장 사무실로 향했다. 피곤한 기색이 역력한 김 원장은 나를 보자마자 유자차를 탔다. 유자청의 상큼한 냄새가 사무실에 가득 퍼져 나갔다.

"두 번째 시도인데 효과가 있으면 좋겠네요."

"그러게요."

"미스터 킴이 평소에는 정말 신사적인 분인데, 잠에

관한 이야기만 꺼내면 그렇게 불 같을 수가 없어요."

어째서 그런 거냐고 묻고 싶었지만, 김 원장이 아무 설명도 안 하는 데에는 이유가 있을 거란 생각이 들었다. 나는 "그렇군요." 같은 힘 빠지는 대답을 중얼거리고는 유자차가 든 쟁반을 건네받았다.

"오늘은 원하는 대답을 들을 수 있기를 바라요."

김 원장은 주먹을 쥐며 파이팅 포즈를 취했다. 나도 제발 그러길 바라며 마음속으로 '파이팅, 파이팅'을 여러 번 외쳤다.

지난번과 같이 쟁반을 잠시 바닥에 내려 두고 노크하자 미스터 킴의 목소리가 들려왔다.

"아, 들어와요."

방문을 열고 들어가자 테이블에 앉은 미스터 킴이 보였다. 정갈하게 빗은 머리 모양과 각 잡힌 셔츠를 입은 모습은 왕년의 그가 어땠을지 궁금해질 만큼 멋졌다.

"여기 유자차 가져왔어요. 물론 미스터 킴의 비밀 레시피는 원장님께 입도 뻥긋 안 했고요."

"하하, 학생이 센스가 있네. 고마워요."

미스터 킴은 지난번처럼 내게 차를 권하지는 않았다. 그렇다고 이대로 물러날 수는 없어서 나는 어색하게 웃으며 미스터 킴과 눈맞춤을 시도했다. 미스터 킴의 눈은 피로 때문인지 생기 따위는 찾아볼 수 없지만, 괜스레 사람을 긴장하게 만드는 힘 같은 게 있었다.

"어제 원장님이 그러더군요. 정원 학생이 나를 위해서 뭐라도 해 보려고 하니 너무 못마땅하게 생각하지 말라고요."

미스터 킴은 말을 하면서 유자차에 커피 가루를 탔다.

"ASMR이라고 했던가. 아무튼 그걸 들으면서 잠들게 하려는 거잖아요. 내가 좀처럼 안 자니까…."

"네, 맞아요. 제가 사람을 편안하게 만들어 주는 소리를 녹음해 왔는데 한 번만 들어봐 주시면…."

"이봐요, 학생. 마음은 잘 알겠어요. 하지만 나는 잠들고 싶지 않아요."

"네?"

"지금은 제법 교양 있는 척 굴고 있지만, 사실 난 아주 못난 아비거든요. 잠을 안 자는 건 과거에 대한 속죄이기도 해요. 그러니까 나를 이대로 내버려 두세요. 부탁입니다."

미스터 킴이 눈은 그대로 두고 입꼬리만 미소 짓는 척 올리며 말했다. 이대로 대화를 끝내면 다시는 미스터 킴과 ASMR에 대한 이야기를 나누지 못할 분위기였다. 하지만 어떤 말을 더 했다간 부자연스럽게 웃고 있는 미스터 킴의 얼굴이 돌이킬 수 없이 일그러질 것만 같았다.

결국 나는 미스터 킴의 방에서 나와 김 원장의 사무실로 돌아갈 수밖에 없었다. 김 원장은 풀 죽은 내 얼굴을 보고는 한숨을 내쉬었다.

"그럼 오늘은 복도 청소를 해야겠네요."

내 낙담과 상관없이 김 원장은 내게 빗자루를 건넸다. 화장실에 대걸레가 있다는 사실까지 친히 알려 주는 김 원장에게 나는 아무 말도 하지 못했다. 그저 분부대로 하는 수밖엔.

요양원 복도에 쌓인 흙먼지를 쓸어 내며 생각했다. 김 원장의 말대로 여기 양로원에서 가장 골치 아픈 사람은 다른 누구도 아닌 미스터 킴이 분명하다고. 평범한 축에 낄 수 있는 사람은 아무도 없지만, 김 원장의 속과 내 속을 동시에 썩어 문드러지게 하는 것은 오직 미스터 킴뿐이니까.

나는 이대로 '미스터 킴의 숙면에 도움이 될 ASMR 만들기'라는 거창한 꿈을 내려놓아야 하나 생각했다. 그렇게 한다면, 이곳에서의 시간을 순수한 봉사로만 채우게 될 터였다.

지잉―

바지 주머니에서 진동이 느껴졌다. 나는 바로 핸드폰을 꺼내 누가 메시지를 보냈는지 확인했다.

엄마가 반찬 가져다주러 갈게.

나는 '언제?' 하고 답장을 보내려다가 그만두었다. 그러면 구체적인 시간이 정해질 것 같아서였다. 지금은 엄마가 집에 오는 게 아니, 엄마를 보는 것 자체가 부담스러웠다. 나중에 왜 답장이 없었냐고 하면, 봉사 활동을 하느라 정신없어서 답장하는 걸 잊었다고 말해야겠다 싶었다.

문득 미스터 킴이 말한 '속죄'라는 단어를 떠올렸다가 지워 버렸다. 우리 가족 중에서 속죄해야 할 사람이 있다면 그건 분명 내가 아니다, 라는 결론에 다다라서였다.

피난처에서 타닥타닥

"학교에 운석이 떨어지면 좋겠다."

갈색으로 변색된 목련 꽃잎이 잔뜩 떨어진 등굣길에서 영원이가 말했다. 고작 1년 전 일이었다.

"갑자기 뭔 소리야."

"그냥 오늘 학교 가기 싫어서."

나도 매사 모범적으로 사는 건 아니지만, 눈에 띄는 일탈을 해 본 적은 없었다. 그건 나와 같은 유전자를 가진 영원이도 마찬가지였다. 그런 동생 입에서 학교 가기 싫다는 말이 나오다니, 당혹스러웠다.

"말이 하루지. 나중에 어떻게 감당하려고."

대책 없는 영원이의 말에 짜증이 일었다.

"게다가 학교 안 가고 갈 만한 데도 없잖아."

"글쎄… 그건 그때 가서 생각하면 안 될까?"

중학교 1학년밖에 안 된 녀석이 벌써 '중2병'이 왔나 싶었다.

"그게 말이 되냐…. 학교 가기 싫으면 아침에 아프다고 거짓말이라도 하지. 갑자기 빠지면 감당이 안 돼."

나는 그렇게 말하고 영원이보다 앞서 걸었다. 잔말 말고 따라오라는 사인이었다.

"나 늘 궁금했는데, 형은 어떻게 맨날 그렇게 태연해? 진짜 뭣 같게."

영원이는 내 뒤통수에 그 말을 남기고 나와 정반대 방향으로 걸어갔다.

그게 영원이의 인생 첫 가출이었다.

"어떡하니, 정원아. 우리 영원이 이대로 안 돌아오면 어떡해….”

영원이가 집을 나간 후 엄마는 내 팔을 붙들며 말했다. 엄마가 영원이를 걱정해서 하는 말인 걸 알면서도, 내 귀에는 ‘영원이가 잘못되면 다 네 탓이야.’라고 들렸다.

“곧 돌아올 거야. 영원이 성격 알잖아요, 엄마도.”

아기 때부터 칭얼거리는 법이 없고, 울음소리도 작았던 아이. 엄마는 영원이를 그렇게 표현했다. 나 역시 영원이를 나보다 착한 애, 속없이 순한 애로만 생각했다. 그러니까 이건 아주 잠깐의 일탈일 뿐이라고, 금방 지나가는 감기 같은 거라고 우리 가족은 믿었다. 영원이 일로 경찰서에 불려 가기 전까지는.

처음 경찰서에서 연락이 왔을 때만 하더라도, 나를 비롯한 우리 가족 모두는 영원이를 찾았다는 연락인 줄로만 알았다. 하지만 경찰서에서 만난 영원이는 단순히 ‘가출 청소년’이 아니었다. 성매수를 하려던 남자들의 돈을 들고 튄 사기꾼이었다.

“가출팸에 들어가서는 식당에서 무단 취식하고, 찜질

방에서 핸드폰도 훔치고 그랬더라고요. 놀이터나 골목 같은 데서 애들 돈도 뺏고요. 그러다가 같이 다니던 여학생 이름이랑 사진을 이용해서 자기가 그 학생인 척 랜덤 채팅에 참여한 정황이 포착됐어요. 만나서 원하는 걸 해 줄 테니 돈을 먼저 보내 달라고요. 그 말에 돈을 보낸 놈들도 썩을 놈이긴 한데… 암튼 그렇습니다.”

경찰관은 중학생이 이런 일을 벌이는 것이 일상이라는 듯 태연하게 말했다. 영원이는 사실 확인을 위한 조사를 받고 있었고, 아빠는 영원이를 보자마자 멱살을 잡았다.

“내가 너, 이러라고 공들여 키웠냐? 이러라고 키웠어?”

막장 드라마에서 나올 법한 말들이 아빠의 입에서 쏟아져 나왔다. 엄마는 그런 아빠를 붙들며 그만하라고 외쳤다. 엄마 아빠가 주연 역할을 맡는 바람에 나는 드라마를 보는 시청자처럼 멀뚱히 서서 그 모습을 지켜보는 수밖에 없었다.

영원이는 가출해서 힘들게 지낸 것도 아닌지 살이 올라

있었다. 내가 맘고생을 하는 동안 저 새끼는 잘 먹고 살았구나, 싶은 마음에 단전부터 분노가 차올랐다. 동생이고 뭐고 명치를 한 대 힘껏 치고 싶은 바람이 간절했다.

"뭐라고 말이라도 좀 해 봐, 이 새끼야."

경찰까지 합세해 아빠를 뜯어말릴 때까지, 영원이는 아무 말도 하지 않았다. 그렇게 영영 열리지 않을 것 같던 영원이의 입은 가족들이 돌아간 뒤, 경찰관 앞에서 허무하게 열렸다.

영원이는 학교 폭력 피해자였다. 가해자가 영원이에게 체육복을 빌려 달라 했는데 응하지 않은 게 시작이었다. 가해자는 자기 친구들을 끌고 와 영원이에게 욕설을 하기도 하고, 뺨을 툭툭 치는 등 야비하게 괴롭혔다. 결정적으로 아이들이 보는 앞에서 영원이의 교복 바지에 오렌지 주스를 붓고, 빨아서 줄 테니 여기서 당장 벗으라고 했다고 한다.

문제는 그때 영원이를 도와준 아이가 한 명도 없었다는 데 있었다. 그런 일을 당하는데 모두가 웃기만 할 뿐

누구도 영원이에게 손을 내밀어 주지 않았다. 그때 영원이는 자신의 어떤 것이 죽어 버린 기분이 들었다고 했다.

'아니, 그런 이야기를 왜 여태껏 안 한 거야….'

가출의 전말을 들은 나는 곧장 그렇게 생각했다. 그러다가 천천히 기억을 더듬어 보니 찜찜한 장면 몇 개가 스쳐 지나갔다. 힘주어 부순 것 같은 연필이 굴러 다니던 영원이의 책상 밑이라든가, 한밤중 내 방까지 들려오던 욕이 섞인 영원이의 잠꼬대같이, 내가 알던 것과는 거리가 있는 영원이의 모습들이 그제야 떠오른 것이다.

함께 라면을 끓여 먹던 어느 일요일 점심, 영원이는 이런 말을 했다.

"형. 애들이랑 어울리는 거, 생각보다 어렵지 않아? 나만 그런가."

"너무 어렵게 생각할 거 없어. 교실에 가만히 있다 보면 나랑 맞는 애들을 만나게 돼."

나는 냄비에 남아 있던 라면을 싹 건져 먹으며 말했다. 영원이는 면발 하나 없는 라면 국물을 자기 그릇에

피난처에서 타닥타닥

부었다.

"형은 뭐든 참 쉽네. 나도 형처럼 뭐든 쉽게 쉽게 할 수 있으면 좋을 텐데."

별 엉뚱한 대답을 한다고 생각하며 그대로 대화를 끝냈는데, 그게 문제였을까.

아니면 영원이가 학교에 운석이 떨어지면 좋겠다고 한 날, 왜 그렇게 학교가 가기 싫은 거냐고 진지하게 대화를 나눠 봐야 했을까.

계속 이어지는 질문들이, 그런 질문들을 떠올리게 만든 영원이가 미웠다.

영원이 때문에 내 일상은 빠르게 변했다. 영원이 속했던 가출팸 이야기가 지역 인터넷 신문에 난 게 화근이었다. 기사 본문에 영원이의 실명은 언급되지 않았지만, 어떻게 안 건지 기사 댓글에 영원이를 비롯한 가출팸 아이들의 실명으로 적혀 있었다. (가출팸 멤버에게 불만이 있던 아이가 벌인 일 같았다.)

기사가 난 후, 아이들은 내가 지나가면 영원이에 대해 수군거리기 시작했다. 어느 반에나 있을 법한 '학생1'에서 '가출팸에 가담한 애를 동생으로 둔 한정원'이 된 것이다. 그야말로 파격적인 '인사 이동'이었다.

그에 반해 부모님은 한정원에게 관심을 가지지 않았다. 예전에는 나름대로 둘에게 애정을 공평히 나눠 주려는 시도를 했지만, 영원이가 '아픈 손가락'이 된 후로는 오로지 '한영원의 부모'인 것처럼 굴었다.

부모님은 영원이가 가출팸에서 저지른 일은 '어쩔 수 없는 일'이었다는 결론을 내렸다. 영원이의 가출과 저지른 범죄에 대해 노발대발하던 아빠 역시 영원이가 그러고 싶어서 그런 건 아니지 않느냐고, 영원이의 행동을 이해하려 들었다. 모든 대화 끝에 "얼마나 괴로웠으면 그랬겠어."라는 말을 붙이는 걸 보면 어떤 마음인지 알 수 있었다.

문제는 그들이 나의 부모이기도 하다는 데 있었다.

"영원이 '소년보호처분 3호' 나왔대. 사회 봉사만 하면 되는 거.”

　엄마는 영원이가 어느 대회에 나가서 큰 상이라도 받은 것처럼 좋아했다. 죄질은 나쁘지만 초범인데다 영원이가 겪은 학교 폭력 피해 사실 그리고 수없이 쓴 반성문의 콜라보로 이루어진 결과였다. 영원이가 만 나이로 열세 살이라 소년원에 갈 수도 있었던 터라, 가족 입장에서는 다행인 일이었다. 다만 나는 엄마가 그런 일로 진심으로 기뻐하는 상황을 무심히 받아들이기 어려웠다.

　정작 이런 뭣 같은 상황을 만든 당사자는 덤덤했다. 더 말이 없어지고, 어디를 보는지 알 수 없게끔 멍한 시간이 많아졌을 뿐. 봉사 활동을 가라고 하면 가고, 집에 돌아오면 앞으로 어떻게 할지 엄마와 고분고분 이야기를 나누는 모습은 원래의 한영원 그대로였다.

　다만 내 감정이 변했다. 영원이를 마주 보는 게 쉽지 않아진 것이다.

　타고난 에너지 연비가 낮아 무슨 일을 하든 쉽게 피로해지는 나와 달리 조잘조잘 말하기를 좋아하고 밖으로 나도는 걸 좋아하는 한영원은 초등학교 졸업 이후 각자의 영역을 가졌다. 그나마 식성이나 옷 입는 취향은 겹쳐서 배달 음식을 뭘 시킬지 고민하거나, 수학여행에 어떤 옷을 가져갈지 의논할 때는 말이 통했다.

하지만 사건 이후로는 둘 사이에 넘을 수 없는 선이 생긴 것 같았다. 나는 그 선을 넘을 생각이 추호도 없었다. 할 수 있다면 영원히 각자의 영역을 지키며 살고 싶은 심정이었다.

이런 내 바람이 무색하게 한영원은 정해진 봉사 활동 시간을 채우기 위해 장애인 요양원에 갈 때 빼고는 늘 집에 있었다. 집돌이인 나도 학교 가는 걸 제외하면 집에 있으니 계속 영원이와 부딪힐 수밖에 없었다.

선택해야만 했다. 영원이를 볼 때마다 이는 짜증을 억누르고 아무렇지 않은 척 살 것인가. 이 집을 떠날 것인가. 후자는 현실적으로 어려웠고 전자는 화병에 걸리기 딱 좋은 상황이었다. 게다가 나의 인내심은 점점 더 줄어들어서 아무렇지 않은 척하는 것이 사실상 불가능해지고 있었다.

인내심이 한계에 다다른 순간, 일이 터졌다. 사건의 무대는 우리 가족의 단골 고깃집인 〈돼지가 철판에 빠진 날〉이었다. 이름이 희한해서 호기심에 가 본 곳인데, 고기 맛과 냉면 맛이 좋아 종종 찾았다. 우리 가족의 단골 메뉴는 목살로, 비계가 없는 고기가 좋다는 엄마의 철칙이 반영된 메뉴였다.

"사장님, 여기 목살 4인분 주세요."

아빠가 늘 하던 대로 주문했는데, 영원이가 의견을 달았다.

"오늘은 갈매기살 먹고 싶은데."

먹고 싶은 게 평소와 달랐을 뿐인 영원이가 미치도록 밉살맞아 보였다. 정말이지 미워서 견딜 수가 없었다.

"그냥 먹던 거 먹으면 되지. 무슨 갈매기살이야, 씨발."

"한정원! 너 혼자 그렇게 잘났어? 가족끼리 모인 자리에서 그게 무슨 태도야!"

"언제 내가 잘났다고 그랬어?"

내가 더 대꾸를 하려는 순간, 엄마는 망설임 없이 내 뺨을 때렸다. 고깃집 안에 있던 사람들의 시선이 내게로 쏟아지는 게 한눈에 보였다.

나는 그 자리에서 일어나 고깃집을 벗어났다. 모든 게 뭣 같아서 견딜 수 없었다. 내 뺨을 때린 엄마도, 아무 말 없는 아빠도, 원래 먹지도 않던 갈매기살을 시킨 영원이도 견디기 어려웠다. 그런 가족들과 함께 있다간 뺨에 있는 열기가 영원히 식지 않을 것 같았다.

화가 나서 눈물이 났다. 이런 일로 운다는 게 서러워서 또 눈물이 났다. 꼴사납게 울면서 집으로 가는 나를 아빠가 불러 세웠다.

"정원아! 한정원!"

못 들은 척 걷는 내 앞을 아빠가 가로막았다.

"야, 한정원. 너까지 이러면…."

"아빠, 나는요. 우리 가족이 엄청 잘 사는 건 아니더라도 남한테 부끄러운 짓은 안하는 데 자부심이 있었거든요. 그런데 지금 한영원 3호 처분 나왔다고 좋아하는 이 상황이 대체 뭔지 모르겠어요. 나도 한영원이 피해자인 건 알아요. 근데 쟤도 결국엔 다른 사람들 괴롭혔잖아. 지금 쟤가 반성이란 걸 하고 있기는 해요? 이게 진짜 내가 알던 우리 가족이 맞나 싶어요."

"정원아….."

"우리 가족이 쪽팔린다고요… 너무."

"그럼 넌 뭘 어쩌면 좋겠는데? 네가 아무리 싫어도 우리는 가족이고, 영원이는 네 동생이야. 가족이 아니면 누가 서로를 이해하는데!"

"아빠의 그런 태도가 숨이 막힌다고요, 진짜. 나 좀 여기서 벗어나게 해 줘요. 제발….."

아빠는 내 이야기를 듣고는 엄마와 상의 끝에 나를 집에서 내보내기로 했다. 나만의 피난처를 만들어 주기로 결정한 것이다.

피난처로 선택된 것은 학교 근처 원룸이었다. 연식이 20년은 훌쩍 넘은 듯한 빌라는 군데군데 비에 젖은 옷 냄새가 나는 것 빼고는 중학교 3학년인 나에게 과분했다. 방 크기도 제법 넓었고, 소음도 없었다. 그런데 이런 환경이 내게는 지나친 적막감으로 다가왔다. 쓸쓸한 고요가 지독한 외로움을 만들어 냈다.

그러니까 그때부터였다, ASMR을 듣기 시작한 건.

내 마음에 든 ASMR은 눈 내리는 날, 오두막 벽난로에서 나는 소리였다.

휘오오오오

서걱서걱

타닥, 타닥-

가만히 소리를 듣고 있을 뿐인데도 마음이 진정되는 게 신기했다. 즉각적으로 잠이 오는 효과는 나타나지 않았지만, 적막이 채워지는 것만으로도 위안이 됐다.

이런 영상을 보는 사람들이 얼마나 될까 했는데, 인기 아이돌 뮤직비디오처럼 조회 수가 25만 회가 넘었다.

이런 걸 필요로 하는 사람이 나 하나가 아니라는 사실이 안심됐다. 어느덧 기분 좋은 졸음이 스르르 밀려들었다.

그러니까… 미스터 킴도 이런 걸 느껴 보면 좋을 텐데.

미스터 킴의 사정

"그 할아버지 취향부터 알아봐야 하는 거 아냐?"

동하는 빗자루질을 하며 말했다. 나는 잔뜩 구긴 신문지로 창문을 닦으며 고개를 끄덕였다. 맞는 말이었다. 미스터 킴이 뭘 좋아하는지 알아야 ASMR도 취향에 맞는 걸로 준비할 수 있을 테고, 미스터 킴이 관심을 보일 확률을 조금이라도 높일 수 있었다.

"근데 그 할아버지, 벽이 엄청 높아. 그걸 넘기가 쉽지 않아."

동하는 쓰레받기에 먼지를 차곡차곡 쓸어 담다가

"아." 하고 소리를 냈다. 그러고는 고장난 로봇처럼 삐거덕삐거덕 움직였다. 동하는 어떤 문제에 대한 해결책을 찾을 때면 늘 그런 식이었다. 놀라운 것은 그렇게 해서 나온 동하의 답이 매번 도움이 된다는 거였다.

"본인이 자기 이야기를 안 하려 한다면, 주변 사람들에게 물어보면 되겠지."

그래, 이런 식으로.

일주일이 지나 다시 찾은 고요한 요양원.

나는 사무실 소파에서 잠들어 있는 김 원장을 조심스레 깨웠다.

"워, 원장님. 김 원장님."

"아, 왔어요?"

김 원장은 태연하게 눈곱을 떼어 내며 말했다. 하품도 참 크게 했는데 덕분에 나는 김 원장의 어금니 두 개는 금니라는 지나친 정보를 얻게 되었다.

"약속 지켜 줘서 고마워요. 말만 하고 안 오는 친구들도 있어서 걱정했지 뭐예요. 혹시 밥은 먹었어요?"

자취생에게 규칙적인 식사는 있을 수 없는 일이었다.

"아니요."

"밥도 안 먹고 무슨 봉사를 한다고. 기다려 봐요. 내가 뭐라도 좀 차려 볼 테니까."

김 원장은 사무실 구석에 있는 냉장고에서 냉동 만두 봉지를 꺼냈다. 포장지를 살짝 찢어 정수기에서 받은 물을 반 컵 넣더니, 그것을 통째로 전자레인지로 돌렸다. 내가 본 것 중 환경 호르몬이 가장 많이 나올 것 같은 요리법이었다. 엄마가 봤다면 기함했을 방법으로 데운 만두는 기가 막히게 맛이 좋았다.

"와, 진짜 맛있어요."

"그죠. 저는 귀찮으면 이렇게 종종 먹어요."

김 원장은 배시시 웃으며 만두를 한입에 넣었다. 나역시 환경 호르몬 생각은 잠시 접어 두고, 집에 돌아가는 길에 만두 한 봉지를 사 가야겠다고 생각했다. 만두는 순식간에 동이 났고, 김 원장은 그릇 역할까지 해낸

만두 봉지를 물로 헹궈 쓰레기통에 버렸다.

"자, 그럼 오늘은 어떤 일을 맡겨 볼까요."

김 원장은 콧노래를 부르며 컴퓨터를 켰다. 나는 그제야 내가 묻고자 하던 것을 떠올릴 수 있었다.

"저, 미스터 킴에 대해서 좀 알고 싶은데 이야기 좀 해주실 수 있으실까요? 그분이 좋아하는 거라든가….."

"아직도 미스터 킴한테 ASMR이란 거, 들려드릴 생각인가 보네요. 지난번에 대화가 잘 안됐다는 이야기를 듣고 포기할 줄 알았어요."

"그래도 할 수 있는 데까지 해 보려고요."

"그런 자세, 좋아요. 하지만 내가 남 이야기하는 걸 별로 좋아하지 않아서."

김 원장은 여전히 웃는 얼굴이었지만 장난치는 분위기는 아니었다.

"물론 미스터 킴이 스스로 자기 이야기를 들려줄 분이 아니긴 한데요. 내가 해 줄 수 있는 말은 미스터 킴이 그러는 데에는 그럴 만한 사정은 있을 거라는 것뿐이에요.”

'그러니까 그 사정이 뭐냐고요.'라고 묻고 싶었지만 참
았다. 김 원장은 나에게 오늘의 잡일 아니, 봉사 활동을
시켰다. 비스킷에 조각 치즈와 방울토마토 썬 것을 올려
카나페를 만드는 것이었다.

“우리 사무실이 다용도예요, 다용도. 사무도 볼 수 있
고, 요리도 할 수 있고.”

김 원장이 양 볼에 사탕을 문 듯 광대를 올리며 말했
다. 여간 뿌듯해 보이는 게 아니었다. 나는 김 원장이 뿌
듯해 마지않는 '다용도 사무실'에서 토마토와 치즈를 썰
었다. 접시에 비스킷을 담고 그 위에 치즈와 토마토를
올렸을 뿐인데도, 모양새가 제법 그럴싸해 보였다.

나는 정확하게 4등분으로 나눈 간식 중 2인분을 쟁반
에 담았다. 첫 번째 목적지는 사무실에서 가장 먼 미스
터 킴의 방이었다. 계단을 오르는 동안, 나는 무슨 이야
기로 대화의 운을 띄울지 고민했다. 오늘의 간식입니다,
짜잔. 오늘도 제법 덥네요, 혹시 유튜브 하세요? 뭐 이런

미스터 킴의 사정

이야기를 할까 하다가, 발길을 돌려 목적지 바로 옆 베이커의 방으로 향했다. 조금이라도 시간을 벌어 용기를 장전할 요량이었다.

"저기, 베이커 씨. 간식 가져왔는데요."

"오, 들어와."

문을 열고 들어간 베이커의 방에는 재즈 음악이 흐르고 있었다.

"연주를 잘하기 위해선 듣기도 잘 들어야 하지 않겠어? 하하. 이왕 온 거 한 곡 듣고 가지."

"아, 네."

나는 베이커의 방 안 테이블에 간식을 내려놓고, 의자에 쌓인 옷더미를 슬그머니 치운 뒤 자리에 앉았다. 베이커는 침대 위에 앉아서 음악을 따라 콧노래를 흥얼거렸다.

"지금 들리는 건 쳇 베이커의 〈아이 폴 인 러브 투 이절리 I fall in love too easily〉라는 곡이야. 어때, 괜찮지? 사랑에 쉽게 빠지는 나 같은 로맨티스트랑 찰떡인 곡이라니까."

지금 들리는 곡이 쳇 베이커 곡이건, 챗GPT가 만든 곡이건 하나도 궁금하지 않았지만 음악 자체는 들을 만했다. 베이커는 자기 몫의 카나페를 먹으며 음악에 대한 설명을 이어 나갔다. 나는 그 말을 이해하는 척 고개를 끄덕이면서 머릿속으로는 미스터 킴과 어떤 말로 대화의 문을 열지 고민했다.

"음악에 집중하는 척하면서 뭔 생각을 그리하시나?"

"티 나요?"

"엄청."

"다른 게 아니고, 미스터 킴에 대해 생각할 게 좀 있어서요. 아, 베이커 씨는 미스터 킴이 어떤 사람처럼 보이세요?"

"어떤 사람으로 보이긴. 음악의 멋짐도 모르는 촌스러운 늙은이라고 생각하지, 큭큭."

"무슨 말이에요, 그건?"

"말 그대로야. 그 양반은 자기 신념이랄지, 생각이 너무 확고해서 좀 힘들어. 안 건드리는 게 상책이야."

베이커는 "어린애 앞에서 별말을 다 했다."며 얼른 나가 보라 말했다. 나는 베이커의 말을 듣고 더 의기소침해져서는 미스터 킴 방문 앞에 섰다. 이대로 뒤돌아 가고 싶었지만 여기까지 와서 물러서면 너무 허무할 것 같았다. 나는 머릿속으로 뻔한 문장들을 떠올려 보았다. 칼을 뽑았으면 무라도 썰어야지, 라든가 곧 죽어도 삼세 판 같은.

"계세요?"

간신히 용기를 끌어내 미스터 킴에게 말을 건넸지만 돌아온 대답은 침묵이었다.

"안 계세요?"

역시나 침묵. 정말 안 계시는 걸까. 호기심에 문고리를 잡아당겨 보니, 손쉽게 문이 열렸다. 여전히 깔끔하게 정리된 방에 미스터 킴은 없었다. 잠시간 자리를 비운 모양이었다.

카나페만 두고 나오면 되려나 싶어서 나도 모르게 성

큰 방 안으로 발을 들였다. 그러자 지난번에는 보이지 않던 것들이 보였다. 창문 앞 책상에 놓인 액자들과 책장 가득 꽂힌 앨범들.

액자에는 젊은 시절의 미스터 킴과 미스터 킴을 닮은 여자애가 함께 찍은 사진이 꽂혀 있었다. 둘 다 사진을 찍는 데 익숙하지 않은 것처럼 경직된 몸짓과 얼굴을 하고 있어서 계속 눈이 갔다.

'미스터 킴의 딸일까. 만약 딸이라면, 지금쯤 우리 엄마 나이 정도 되었을 텐데.'

이런 생각을 하며 앨범 쪽으로 손을 뻗었다. 앨범 제목란에 1986, 1987, 1988과 같은 숫자들이 적혀 있었다. 연도를 의미하는 듯했다. 액자 속 사진을 보면 사진 찍는 게 영 어색해 보이는데, 이렇게 많은 앨범은 다 뭘까.

나는 슬그머니 제일 오래되어 보이는 1986년도 앨범에 손을 뻗었다. 이러면 안 되는 걸 모르는 건 아니었다. 그보단 호기심이 더 큰 게 문제였다.

조심스레 꺼낸 앨범 속에는 사진이 아닌 신문 기사 스

크랩이 빼곡하게 수집되어 있었다. 30년도 전에 발간된 신문들. 신문사도, 내용도 조금씩 달랐지만, 커다란 공통점이 하나 있었다. 모두 10대 후반 혹은 20대 초반의 여자에 관한 기사들이라는 것이었다.

A모 양, A모 씨로 표기된 여자들은 강도나 절도 사건의 가해자인 경우도 있었고, 성폭행이나 살인 사건의 피해자인 경우도 있었다.

미스터 킴은 어째서 이런 신문 기사들을 스크랩해 놓은 걸까, 고민하는데 덜컥 문 열리는 소리가 들렸다.

"남의 것을 함부로 건드리는 몹쓸 취미가 있네요."

여태까지 본 중에 가장 화난 얼굴의 미스터 킴이 서 있었다. 눈도 입도 전혀 웃지 않는 얼굴. 단단한 바위를 마주한 기분이었다.

미스터 킴은 문 쪽으로 눈짓하며 말했다.

"나가요. 앞으로 볼 일 없으면 좋겠습니다."

쾅.

문이 닫히는 순간, 나의 취미가 특기가 될 가능성도

사라지고 말았다. 미스터 킴을 잠재울 수 있는 ASMR을 만든다면 내가 뭐라도 될 것만 같았는데.

나는 빈 쟁반을 멍하니 바라보며 생각했다. 이 와중에 앨범에 스크랩된 기사들이 신경 쓰이고 궁금하다면 이상한 걸까. 아니면 너무나 당연한 호기심일까.

그때 콧소리와 함께 옆문이 열렸다. 베이커였다. 베이커는 별생각 없이 나왔다가 복도에 가만히 서 있는 나를 마주하자 놀란 눈치였다.

"무, 무슨 일이야?"

연습을 한다고 했던 베이커의 손에는 트럼펫이 아닌, 막걸리 병이 들려 있었다.

"아, 그게."

"미스터 킴이랑 싸우기라도 한 거야?"

"비슷하긴 한데…."

문득 그런 생각이 들었다. 베이커라면 뭔가 주워들은 이야기라도 있지 않을까 하는 다소 불순한 생각이.

"베이커 씨, 저랑 잠깐 이야기 좀 하실래요?"

미스터 킴의 사정

"어어, 나는 남 일에 휘말리는 거 별로 안 좋아해. 내 인생 살기도 바쁘다고."

"저도 남 일에 별로 신경 쓰고 싶지는 않은데… 베이커 씨 손에 들린 게 트럼펫이 아니라 막걸리 병이라는 건 아주 잘 보이네요. 원장님이 알면 얼마나 싫어할지도요."

이건 명백한 사실이었으므로, 협박은 아니었다. 적어도 내 기준에서는. 하지만 베이커의 얼굴은 새하얗게 질렸다.

"이, 이거 달기만 달고 술맛은 별로 나지도 않는 건데."

이쯤 되면 이판사판이었다. 내 목적을 이루기 위해서는 베이커와 반드시 대화를 해야만 했다.

"그런 사정을 원장님께 이야기해 보면 어떨까요."

"일단 방으로 들어오지."

작전 성공.

나는 방금 전 앉았던 의자에 엉덩이를 내려놓았다. 베

이커는 그런 나를 보더니 세상이 무너져라 한숨을 내쉬었다. 베이커의 한숨에서 인공적인 바나나 냄새가 났다. 바나나맛 막걸리를 마신 모양이었다.

"김 원장이 다 좋은데 융통성이 없어. 건강에 이상 없는 선에서 살짝 맛보는 정도도 못 참거든. 중요한 건… 내가 막걸리 마신 걸 걸리면 안 된다는 거야."

베이커는 날숨에 바나나 향을 뿜으며 자기 사정을 이야기했다.

이제 내 사정을 이야기할 차례였다.

"방금 미스터 킴 방에서 이상한 앨범들을 봤어요. 1986 이라고 적힌 앨범을 뽑아 봤더니 여자아이들에 관한 온갖 범죄 기사가 스크랩되어 있었죠. 물론, 남의 것을 허락 없이 본 건 제 잘못이지만…."

"흐응."

베이커는 내 말을 끝까지 듣지도 않고 콧방귀를 뀌었다.

"그거야 뭐… 그 양반이라면 충분히 그럴 수 있는 일

미스터 킴의 사정

이야. 학생이 걱정할 만한 그런 일은 아니니 신경 쓰지 말라고."

"어째서요?"

"그게… 김 원장한테 막걸리에 관해선 일체 이야기하지 않겠다는 약속을 하면 간단하게 귀띔 정도는 해 줄 수 있지."

베이커는 술을 지나치게 좋아할 뿐, 대책없이 순진한 노인은 아니었다.

"알았어요. 다음 번에도 드시는 걸 보면 그땐 원장님께 말해야 할 수도 있겠지만, 오늘 본 건 말 안 할게요."

베이커는 내 말이 만족스럽다는 듯 고개를 끄덕였다. 그리고 천천히 입을 열었다.

"그 사람, 자기 딸을 잃어버렸어."

가족이란 이름으로

딸은 어디서 어떤 괴로운 삶을 살고 있을지 모르는데, 자기 혼자만 편안하게 지낼 수 없다고 생각해서 잠들지 않으려는 거야. 이제 나이도 있으니 언제까지 저렇게 제 몸을 갉아먹을 순 없을 텐데….

나는 자취방의 빛바랜 벽지를 바라보며 베이커가 해준 이야기를 되뇌였다. 베이커에게 사정을 듣고 난 뒤, 나는 미스터 킴의 행동들을 이해할 수 있었다.

문제는 그 뒤에 밀려드는 거대한 부끄러움이었다. 미

스터 킴에 대해 멋대로 오해하고 난리쳤던 내 모습이 떠올라 부끄러워 견디기 어려울 지경이었다. 사과해야겠지만 사과한다 한들 그것이 미스터 킴의 마음에 가닿기나 할까 싶었다.

그때 삐삐삐삐— 하고 현관문 번호 키를 누르는 소리가 들려왔다. 누군가 싶어서 벌떡 일어나 보니, 머쓱한 얼굴로 들어오는 아빠가 보였다.

"네가 연락을 안 받는다고, 직접 가 보라고 엄마가 어찌나 성화를 부리는지. 결국 이렇게 왔다."

아빠는 자기 얼굴을 향해 손부채질을 하며 넋두리하듯 말했다.

"잘 있다고 전해 주세요."

"그걸 자기 눈으로 보고 싶으시댄다."

거절하고 싶었다. 지금은 미스터 킴 일도 그렇고, 아직 정리되지 않은 영원이에 대한 감정도 그렇고, 속이 시끄러웠다. 이 와중에 가족끼리 한집에 둘러앉아 시간을 보낸다니. 생각만 해도 숨 막히는 어색함에 목이 조이는 기분이었다.

아빠는 내 얼굴에서 내가 하고 싶은 말들을 읽었는지, 끈적한 손으로 내 팔뚝을 슬며시 잡았다.

"갈 거지?"

답지않게 애처로운 눈망울이었다.

"애초에 거절이라는 선택지가 있기나 했나요."

"잘 아네. 가자, 외식하러."

"외식? 〈돼지가 철판에 빠진 날〉에 또 가요?"

아빠는 재밌는 농담이라도 들은 사람처럼 저항 없이 웃었다.

"그럴 리가."

나는 "아." 하고 깨달음의 소리를 내고는 군말 없이 아빠 차에 올랐다.

목적지는 초밥집이었다. 초밥집 이름은 〈시마 초밥〉. 무난한 이름이라 흥이 식는 기분이었다. 가게 안에는 엄마와 영원이가 아빠와 나를 기다리고 있었다.

"정원아! 여기야!"

가족이란 이름으로

엄마는 호들갑스럽다고 느껴질 정도로 나를 반겨 주었다. 그에 비해 영원이는 무표정하게 차려진 밑반찬들을 내려다볼 뿐이었다.

"너 이 녀석, 연락도 안 받고 엄마가 얼마나 서운한지 알아? 엄마가 너랑 아빠 거는 '커플 세트' 시켜 놨어. 웃기지? 아빠랑 너랑 커플이라니."

엄마는 영원이와 나 사이의 미묘한 분위기를 의식하며 이런저런 말들을 두서없이 해 댔다. 어떻게든 분위기를 풀어 보려는 엄마의 노력은 가상했지만, 거기에 호응할 에너지가 내게는 없었다.

"여기 초밥 맛있다고 후기가 많이 올라와 있더라고. 우리 아들들, 많이 먹어."

둘을 챙기는 것처럼 말하면서도 엄마의 눈은 영원이에게 가 있었다. 여전히 엄마에게 가장 짠한 아들은 3호 처분을 받은 한영원인 듯했다. 엄마의 애틋한 눈빛을 보자 입맛이 사그러들어 내 몫의 초밥을 반도 못 먹었다.

"여기 괜찮던데, 정원이 입에는 안 맞았나 보네. 엄마가 근처 카페에 가서 빵 사 줄게. 그거라도 먹자."

"됐어요."

"됐기는."

이미 계획은 다 세워져 있으니 넌 그저 따르기만 하라고 엄마는 몸으로 말하고 있었다. 성큼성큼 카페로 걸어가는 엄마의 뒷모습을 보니 한숨이 절로 나왔다. 아빠는 그런 엄마를 뒤따르며 얼른 오라는 듯 손짓했다. 모든 것이 의미 없는 소꿉놀이처럼 느껴졌다.

"형."

돌아보니 한영원이 나와 같은 생각을 하는 것 같은 얼굴로 서 있었다.

"우리끼리 좀 걷자."

"카페 가자는 소리 못 들었어?"

"엄마는 우리 둘이 이야기했다고 하면 더 좋아할 거야."

틀린 말은 아니었다. 애초에 엄마가 카페에 가자고 한 것도 나와 영원이가 조금이라도 전처럼 지내길 바라는 마음으로 그런 걸 테니까.

가족이란 이름으로

영원이랑 단둘이 있는 건 내키지 않았지만, 어설픈 가족 시트콤을 찍는 건 더더욱 싫었다.

"그래, 조금만 걷다가 돌아갈게."

내 말에 영원이는 알겠다는 듯 고개를 끄덕였다. 영원이는 근방을 제법 잘 아는지 거침없이 앞서 걸어 나갔다. 나는 녀석을 따라 걸으며 함께 걷는 길이 너무 길지 않기를 바랐다.

길 주변에는 나무가 많았는데, 나무에 피어난 붉은 꽃들이 눈길을 사로잡았다. 가만히 꽃을 보며 걷는데 영원이가 침묵을 깼다.

"형, 그거 모르지. 형 말이야, 진짜 표정 관리 못 하는 거."

싸우자는 건가. 나는 눈살을 찌푸리며 짜증 섞인 목소리로 말했다.

"네 앞에서 그딴 걸 하고 싶지 않아서 안 하는 거라고는 생각은 못 하나 보네."

화를 안 내려고 꾸역꾸역 참았는데, 비아냥거리지 않

는 것까지는 무리였다.

　내 말에 영원이 발걸음을 멈췄다.

　"내가 모든 걸 망쳤다고 생각하는 거지, 형은?"

　"그럼 또 누가 있을까. 자식이라고 네 입장만 생각하는 엄마? 엄마 옆에서 어떻게든 가족이란 울타리를 지키려고 허둥대는 아빠?"

　"형."

　"왜."

　"형 잘못은 하나도 없다고 생각해?"

　나는 내 귀를 의심했다. 설사 그런 게 조금이나마 있다 하더라도 그걸 지적하는 사람이 영원이라는 사실을 받아들일 수 없었기 때문이었다. 아주 미약하게나마 염치가 인간이라면 그럴 수는 없었다.

　"내가?"

　"그래, 형 네가! 형이 내 이야기를 조금이라도 들어줬잖아? 그럼 내가 이렇게까지 막 나가는 일, 없었을지도 몰라."

가족이란 이름으로

나는 참지 못하고 영원이의 멱살을 부여잡았다. 당장이라도 영원이의 볼을 펀칭 백 삼아 때리고 싶은 마음이 가득했다. 영원이는 내가 자기 멱살을 잡은 순간에도 무덤덤한 얼굴로 나직이 중얼거렸다.

"그냥 때려, 형."

결국 참지 못하고 주먹을 영원이 얼굴에 꽂으려다가… 말았다. 싸움이라는 걸 제대로 해 본 적 없는 내가 다른 사람의 얼굴에 주먹을 내리꽂는 건 쉬운 일이 아니었다. 하지만 분노가 식은 것은 아니어서 영원이의 종아리를 걷어차는 것으로 분을 삭였다.

다행스럽게 영원이는 그것만으로도 충분히 아픈 모양이었다. "윽" 소리를 내며 종아리를 부여잡고 주저앉았다. 나는 그런 영원이의 꼴사나운 모습을 내려다보았다.

미안하다는 말을 듣고 싶었다. 그래야 속이 조금이라도 풀릴 것 같았다. 하지만 영원이 입에서 나온 말은 '미안해.'가 아니었다.

"나 형이 미워."

아직 덜 맞은 건가 싶었는데, 떨리는 영원이의 목소리에서 물기가 느껴졌다.

"형한테도 미안하고 엄마, 아빠한테도 미안한데… 그러면서도 나한테 화내는 형을 보면 화가 나. 내 사정을 알지도 못하면서, 이렇게 화만 낼 수 있나 싶어서."

암만 '선제공격이 필승의 비법'이라지만, 영원이가 나를 향해 계속 선제공격을 날리는 게 전혀 이해되지 않았다. 공격의 타깃이 잘못되어도 한참 잘못된 게 아닌가.

"야, 너 지금….."

나도 뭐라고 쏘아붙여 볼까 하다가 그만두었다. 쓸모없는 체력 소모를 더 하기 싫어서였다. 영원이를 그 자리에 두고 온다는 마음으로 보폭을 넓혀 걸어갔다.

한참을 앞서 걷는데, 영원이가 내 어깨를 붙들었다.

"근데 형, 그거 알아? 나도 이런 생각하는 내가 제일 거지 같다는 거."

뒤를 돌아보니 꼴사납게 우는 영원이의 얼굴이 정면으로 보였다. 늘 나보다 작던 녀석이 어느새 나와 같은 눈

높이에 서 있는 게 묘했다. 언제 이렇게 커진 걸까.

덩치는 커다란 녀석이 서럽게 울어 대니 안쓰러운 마음이 일었다.

"미친 놈, 울긴 왜 우냐. 울면 뭐가 달라진다고."

"그냥 알아만 달라는 거야."

영원이는 그 말을 끝으로 훌쩍 가 버렸다. 나는 잠시 가만히 서 있다가 역을 향해 걸었다. 역을 가는 내내 나는 머릿속으로 계산기를 두드렸다. 영원이가 방금 흘린 눈물에 나의 과실은 몇 퍼센트나 들어가 있을지.

한여름의 캠프파이어

타닥, 타닥-

탁!

타타탁-

언젠가 이 소리를 실제로 들었던 기억이 어렴풋이 난다. 내가 여덟 살 때였던가. 우리 가족은 캠핑을 떠났다.

숲 아래 조성된 캠핑장으로, 사람들에게 잘 알려지지 않아 오가는 사람이 적었다. 아빠는 이런 곳은 정말 아는 사람만 오는 곳이라며, 이런 장소를 알아 온 자신의 노력을 알아 달라고 했다.

"여기 봐 봐. 앞으로는 바다가 보이고 뒤로는 산이 보이잖아. 근데 시끄러운 사람들도 없고 말이지."

"그래요. 아주 잘하셨습니다."

엄마는 아빠 어깨를 주무르는 시늉까지 하며 장단을 맞췄다. 어렸던 나는 엄마, 아빠의 모습에 '우웩' 하고 토하는 시늉을 했다. 영원이는 그런 나를 보고 웃었다. 영원이의 오른쪽 마지막 어금니가 까만 게 보일 정도로 큰 웃음이었다. 나도 그런 영원이를 따라 웃었다. 우리는 왼손으로는 웃느라 아픈 배를 잡고, 오른손으로는 잠자리채를 붙들고 캠핑장 여기저기를 쏘다녔다. 그러다가 수풀에서 파란 잠자리를 발견하고 놀랐던 기억이 있다. 새파란색 잠자리가 어찌나 예뻐 보이던지, 영원이와 나는 그 잠자리를 잡기 위해 무던히도 뛰어다녔다.

하지만 예나 지금이나 민첩하지 못했던 우리는 서로의 시큼한 땀 냄새를 맡으면서도 끝내 파란 잠자리를 잡지 못했다. 우리의 잠자리채 그물에 걸린 것은 풀 쪼가리뿐이었다. 그래도 좋았다. 같이 뛰어다니는 시간이 즐거워서 그걸로 충분했다.

저녁은 바비큐였다. 아빠는 삼겹살을 굽고, 엄마는 인스턴트 김치찌개를 끓였다. 밥은 근방 편의점에서 전자레인지로 데운 즉석 밥이었다. 야외에서 먹으면 뭘 먹어도 맛있다는 이야기는 사실이었고, 영원이와 나는 즉석밥을 두 개씩 먹고 나서야 수저를 내려놓을 수 있었다. 배가 터질 듯이 불렀지만, 아빠가 남은 숯으로 피운 불에 구운 고구마는 무조건 먹어야 했다.

"화상 입는다. 조심히 먹어."

한여름 밤의 군고구마는 뜨거운 만큼 달콤했다.

"와, 형. 나 고구마가 이렇게 맛있는지 몰랐어."

영원이는 이에 누런 고구마가 다 낀 채로 말했다.

"나도."라고 답하는 내 이에도 영원이처럼 누런 고구마가 잔뜩 끼어 있었겠지.

그날 이를 닦았는지 안 닦았는지는 기억나지 않는다. 샤워도 안 하고 잤던 거 같으니 기껏해야 세수나 했겠지.

땀내가 폴폴 나는 몸을 텐트 안에 누이고도 쉽게 잠들지 못했던 건 기억난다. 이대로 잠들었다간 이 재밌는 밤이 끝날 테니까. 그게 지독하게 싫었던 탓이었다. 그건 영원이도 마찬가지였다. 우리 형제는 두 눈에 쌍라이트를 켜고선 엄마에게 잠들고 싶지 않다고 징징댔다.

"눈 감고 귀를 기울이면 무슨 소리가 들릴 거야."

타닥- 타닥-
탁!
타탁-

군고구마를 먹는 동안은 먹는 데 정신이 팔려서 미처 듣지 못했던 소리가 들려왔다. 눈을 감았는데도 빨간 불씨가 아른거리는 모습이 생생히 떠올랐다.

타닥, 타닥 모닥불 소리는 마치 불씨가 만드는 음악처럼 들렸다. 그걸 가만히 듣고 있다 보니, 눈이 스르륵 감겼다. 내 몸만큼이나 끈적한 영원이의 팔이 티셔츠가 살짝 걷어 올려진 내 배에 닿는 감촉도 그때만큼은 견딜 만 했다. 새근새근 들려오는 영원이의 숨소리를 들으며, 처음으로 동생이 귀엽다고 생각했던 것도 같다.

　그날 이후, 우리 집은 이런저런 사정을 이유로 여름휴가를 떠나는 일이 없었다. 때문에 나에겐 이 기억이 가족 모두가 행복했던, 몇 안 되는 기억으로 남게 되었다.

　그래서일까. 이 별것도 아닌 타닥, 타닥 소리에 눈물이 났다. 이럴 땐 자취를 한다는 게 얼마나 큰 축복인지.

　나는 바보같이 눈물을 주룩주룩 흘리면서 생각했다.

　다시 캠프파이어를 한번 하고 싶다고.

　그래서였다. 고요한 양로원에 캠프파이어를 제안한 것은.

　원래 방문하기로 했던 일정이 끝났는데도 금요일 저녁에 막무가내로 찾아간 건 충동적인 일이었다. 나는 양로원 입구에서 서서 이렇게 불쑥 방문해도 되는지 스스로에게 묻고 있었다. 김 원장은 그런 나를 발견하고 반갑게 인사를 건넸다. 손에 담배가 들려 있는 걸로 봐서 마당 구석에서 담배를 피우러 나왔다가 나를 보게 된 눈치였다.

"저기, 원장님. 여기서 캠프파이어가 가능할까요?"

"캠프파이어? 이 여름에?"

김 원장은 담배를 비벼 끄며 웃었다. 나는 김 원장의 웃음에 고개를 숙였다.

"재밌는 아이디어네. 한번 해 볼까요?"

"정말…요?"

내가 고개를 치켜들며 묻자 김 원장은 가볍게 고개를 끄덕였다.

"못할 것도 없죠. 내가 여기 원장인데."

김 원장은 여유 있는 걸음걸이로 건물 안으로 들어가더니, 쩌렁쩌렁한 목소리로 크게 외쳤다.

"오늘 저녁에 캠프파이어 해요!"

그 말에 "좋아!" 하고 화답을 한 것은 마리뿐이었지만, 다른 사람들이 김 원장과 마리의 의지를 꺾는 일 따위는 없을 거였다.

"마리랑 가서 장을 봐 올래요? 마리가 마시멜로를 굽고 싶다고 해서요. 다 같이 구워 먹게 삼겹살도 사 오면 좋을 것 같고요. 아, 고구마랑 감자도."

김 원장은 자기가 장작 같은 걸 준비할 테니, 내게 마트에 다녀오라며 카드를 내밀었다. 장을 보러 가는 게 미스터 킴과 조금이라도 덜 마주치는 길이겠지 싶어 냉큼 카드를 받았다.

"마리, 가요."

내가 부르자 마리는 기다렸다는 듯 달려 나왔다. 마리의 화장이 평소보다 진한 것이 마음에 걸리긴 했지만, 어쩔 수 없는 일이었다. 나는 마리와 가까이 붙어 걸으며, 양로원 근방에 있다는 김 원장의 단골 마트로 향했다.

마트는 제법 규모가 컸고, 마리와 나는 마시멜로를 찾기 위해 여기저기 눈길을 돌려야 했다. 드디어 간식 코너 한구석에서 하얀 마시멜로를 찾았을 때 마리는 관절이 걱정될 만큼 팔짝 뛰었다.

"그러다가 다쳐요."

"좋아서 그러지, 좋아서."

마리는 마시멜로 박스를 안고 활짝 웃었다. 할머니가
이리도 귀여울 일인가 싶었다. 그때 한 아이의 목소리가
들려왔다.

"저 할머니 얼굴이 알록달록해."

엄마 손을 잡고 마트에 온 아이가 마리를 가리키며 말
했다. 아이의 얼굴은 약간 겁에 질린 것처럼 보이기도
하고, 신기한 것을 본 것 같은 얼굴이기도 했다. 어느 쪽
이든 썩 유쾌하지 않은 반응이었다. 아이 엄마는 덤덤하
게 아이의 팔을 낚아채며 "그런 말 하는 거 아니야."라며
자리를 떠났다. 미안하다는 말을 하는 게 먼저 아닌가.
나는 마리의 기분을 살피며, 초코 마시멜로 박스를 장바
구니에 넣었다.

"요즘은 초코 마시멜로도 나오네요. 같이 먹어 봐요.
너무 달면 많이 먹지는 못하겠지만."

내가 호들갑스럽게 떠들자, 마리는 씩 웃으며 그 옆에
있는 딸기 마시멜로 박스도 장바구니에 넣었다.

"이것도 먹자."

"좋아요."

마리는 방금 전 일이 별거 아니라는 듯 웃어 넘기고는 마트 이곳저곳을 누비고 다녔다. 덕분에 나는 마트에서 파는 파스타 면이 얼마나 다양한지 알게 됨은 물론, 강아지와 새끼 고양이를 위한 '펫 밀크'라는 게 따로 있다는 사실까지 알게 되었다.

나는 초코, 딸기 마시멜로를 제외하고 김 원장이 사오라고 한 것들만 바구니에 담고 계산대 앞에 섰다. 마리는 계산대 앞에 있는 초콜릿과 껌을 유심히 보고 있었다. 호기심이 끝없는 삶이란 어떤 걸까, 생각하던 중에 누군가 "할머니!" 하고 크게 외치는 소리가 들렸다. 아까 그 아이였다.

"봐 봐. 내 혀도 알록달록하다요."

아이는 그새 식용 색소가 잔뜩 든 젤리라도 먹었는지, 빨갛고 노랗게 물든 혀를 내밀며 말했다. 마리는 가만히 그 아이를 보더니, 내가 본 것 중에 제일 밝은 얼굴로 웃어 보였다.

"정말… 멋지다."

"응, 알록달록한 건 멋지니까."

아이는 의기양양한 얼굴로 엄지를 치켜들고는 아까 그랬던 것처럼 엄마 손을 잡고 사라졌다. 마리는 가만히 아이가 사라진 곳으로 얼굴을 돌렸다. 뒤통수에서 왠지 모를 슬픔이 느껴지는 바람에 나는 아무 말도 할 수 없었다.

"아, 왔어요?"

김 원장은 베이커와 같이 끙끙 대며 드럼통을 밀고 있었다.

"여기 드럼통 안에다가 장작 넣고 불붙이려고요."

마당 한구석에는 어디서 구해 왔는지 모를 통나무를 토막 내는 이파리가 보였다. 베이커는 이마에 흐른 땀을 훔치며 투덜거렸다.

"하, 이런 일에 늙은이를 투입하다니."

"베이커 정도면 현역인걸요, 뭘."

현역. 그 마법 같은 말에 베이커는 단박에 태세를 전환했다.

"그렇긴 하지. 뭐 더 옮길 일 있으면 말하고."

"이제 더 옮길 건 없을 거 같고요. 이따가 잔잔한 연주한번 해 주시면 분위기가 확 살 거 같네요."

베이커는 적당한 음악을 골라 보겠다며 들뜬 걸음으로 자신의 방을 향했다. 나는 속으로 김 원장의 말솜씨에 감탄을 금하지 않을 수 없었다. 저 정도는 되어야 '원장'이라는 위대한 직함을 달 수 있는 건가 싶었다.

김 원장의 위대함은 거기서 끝나지 않았다. 나를 시켜 사무실에 있는 접이식 테이블을 가져와 마당에 펴게 하고, 거기에 가스 버너와 프라이팬을 올려 미니 바비큐장을 만들어 사람을 설레게 했다.

"자! 삼겹살 좀 구워 주세요."

김 원장은 프라이팬에 삼겹살을 올리기 무섭게 집게를 내게 건넸다. 나는 군말 없이 고기를 구웠다. 그사이 이파리가 드럼통에 장작을 넣고 불을 피웠다. 여름밤에 불을 피우는 게 보통 어려운 일이 아닐 텐데도, 이파리의 얼굴은 늘 그렇듯이 무표정했다. 마리는 그런 이파리 옆에서 해맑게 마시멜로를 꼬치에 끼우고 있었다.

가족이 아닌 사람들끼리 모여 가족 같은 그림을 연출하는 게 썩 보기 좋았다. 마음이 구름처럼 몽글거렸다. 불행히도 그런 기분은 오래가지 않았다.

"이제 미스터 킴도 오시라고 해야겠네요. 정원 학생이 좀 불러 줄래요?"

아, 이런. 정말이지 피하고 싶은 만남이었다. 하지만 캠프파이어도 내가 하자고 한 마당에 김 원장의 부탁을 거부할 수 없었다.

"아, 내가 갈까?"

생각지 못한 구원자가 나왔다. 맙소사. 베이커가 이렇게 나이스한 사람이었다니.

나는 베이커가 트럼펫 연주를 하면 반드시 연주가 끝날 때까지 경청하고, 끝나면 우렁찬 박수까지 선사하겠다고 마음먹었다.

"그래 주실래요?"

김 원장도 의외라는 듯 눈을 평소보다 크게 뜨며 물었다. 그러자 베이커는 위풍당당하게 검지를 치켜들었다.

"대신 막걸리 한 병만 먹게 해 줘."

사랑은 어떤 경우에도 감출 수 없다더니, 베이커는 지독한 '알코올 러버' 기질을 당당히도 드러냈다.

"좋은 말로 할 때 그냥 다녀오시죠."

김 원장의 목소리에는 높낮이가 없었지만 뜨거운 분노가 느껴졌다. 베이커는 재깍 고개를 끄덕이며 양로원 안쪽으로 부리나케 달려갔다. 맡고 싶지 않았던 일을 넘긴 나는 굽던 삼겹살을 마저 구웠다. 더위도 다 잊힐 만큼, 군침 도는 냄새가 퍼져 갔다.

"이파리도 이제 같이 앉아요."

장작 패는 것을 마무리한 이파리는 이마에 흠뻑 흘린 땀을 훔치더니, 콧노래를 부르기 시작했다. 표정 변화 하나 없이 콧노래를 부르던 이파리는 놀랍게도 춤까지 추기 시작했다.

"저 양반 원래 기분 좋으면 춤도 추고 그래."

마리가 장난기 가득한 얼굴로 소리 죽여 웃었다. 이파리의 가느다란 팔다리가 삐거덕거리는 느낌으로 사정없이 흔들렸다. 마치 행사장 앞에 세워 둔 풍선 인형 같았다. 눈을 감으면서까지 춤을 추는 게 영혼이 실린 춤이라는 느낌이 들었다. 나는 이파리에 대한 예의를 지키려 입술을 꽉 깨물며 웃음을 참아 냈다.

그러면서 생각했다.

여긴 정말 재밌고도 이상한 곳이라고.

이름은 고요한 양로원이지만, 전혀 고요하지 않은 이곳에서 나는 묘한 안도감을 느끼고 있었다. 미스터 킴에게 다시 한 번 제대로 사과해야지 하던 찰나, 언성을 높이는 소리가 들려 왔다. 미스터 킴의 목소리였다.

"나는 그냥 좀 쉬고 싶다고, 혼자!"

아무래도 베이커가 미스터 킴을 설득하는 데 실패한 모양이었다. 나는 미스터 킴에게 거절당한 내 모습을 떠올리며 속으로 '파이팅'을 외쳤다. 이런 내 응원에 보답이라도 하겠다는 듯, 베이커는 기어코 미스터 킴을 마당까지 끌고 왔다.

"에이, 그만 튕기고 같이 껴. 이럴 때 같이 어울리고 그러는 거지."

베이커는 강제로 팔짱까지 껴 가며 미스터 킴을 고기가 차려진 상 앞으로 데려오는 데 성공했다.

"저기압이니까 고기 앞에 서라고."

베이커는 웃기지도 않은 농담을 던져 놓고 혼자 실컷 웃었다. 미스터 킴은 억지로 끌려 나온 자리가 영 마땅치 않은지 무표정한 얼굴을 유지했다. 나는 거기에 내 탓도 있는 것 같아 움찔했다. 마리와 이파리도 미스터 킴의 분위기를 살피는 게 보였다.

"나는 파티 같아서 좋은데."

마리가 볼을 긁적이며 말하자, 미스터 킴은 여전히 뚱한 얼굴로 말했다.

"늙은이들끼리 파티는 무슨⋯."

"에라이, 미꾸라지 한 마리가 물을 흐린다더니 딱 그 판이네."

베이커가 미스터 킴 때문에 언짢아진 마음을 드러냈다. 김 원장이 진정시키려 했지만, 이미 성이 날 대로 난 베이커는 자리를 뜨고 말았다. 괜히 내가 캠프파이어를 하자고 해서 이 사달이 난 것 같아 마음이 편치 않았다.

"뭐 해? 마시멜로 구워야지."

그나마 마리가 마시멜로 꼬치를 들고 와 조금이나마 어색한 분위기가 누그러졌다. 김 원장이 숯불에 군고구마를 만들어 먹자며 포일로 고구마를 감쌀 때는 잠시나마 즐겁기까지 했다. 하지만 여전히 뚱한 얼굴의 미스터 킴과 사라진 베이커를 생각하면 마음이 편치 않았다.

미스터 킴에게 뭐라고 말을 걸어야 하나 머리를 굴리고 있는데, 이상한 소리가 들려왔다.

"딸꾹. 딸꾹."

소리를 따라 뒤를 돌아보니 얼굴이 불콰해진 베이커가 한 손에 소주병을 들고 비틀대며 서 있었다.

"베이커! 이게 뭐 하는 거예요! 내가 그렇게 술 마시지 말라고 했는데!"

김 원장이 전에 본 적 없이 화를 내며 말했다.

"저 녀석이 나를 그렇게 무시하는데 술 한 잔 안 마시고 배기겠어? 그렇잖아. 미스터 킴. 네 눈엔 너만 고귀하고 다른 사람은 다 얼빠진 바보로 보이냐?"

베이커가 미스터 킴에게 얼굴을 들이밀며 쏘아 댔다. 고약한 술 냄새가 내 콧속까지 뚫고 들어왔다.

"그만해."

"뭘 그만해? 네 속내를 내가 다 까발리는 게 영 떨떠름한가 보지?"

"그만하랬어."

"나는 말이야, 네 사정을 듣고 너를 이해해 보려 노력했어. 그런데 너는? 너는 혼자만 고고한 양반처럼 우리에게는 쥐뿔도 관심 없다는 듯이 굴더라. 왜? 네가 보기엔 우리가 너무 수준 낮아 보이고 그래?"

"그래, 맞다. 맞아! 누구는 미국으로 입양 간 딸 생각하면서 행복한 여자애 흉내나 내고, 누구는 자식들한테 버림받고 나무나 풀 따위에 집착하고, 누구는 알코올 중독 증세 때문에 가족들한테 외면당하는데, 어떻게 우습지 않을 수 있겠어!"

미스터 킴이 말을 마치자 세상이 조용해졌다.

"그러니까 내 말은….."

뒤늦게 아차 싶었는지 미스터 킴은 무슨 말이라도 덧붙이려다가 그만두었다. 여기서 어떤 말을 한다 한들 아무런 소용이 없다는 걸 눈치챘기 때문이리라.

어떤 소리도 들리지 않았다. 모두 숨을 죽이고 그 자리에서 멈춰 버렸다.

살얼음판을 제일 먼저 깨뜨린 사람은 베이커였다. 베이커는 굳은 얼굴로 양로원 안으로 성큼성큼 걸어 들어갔다. 몇 분이 되지 않아 다시 밖으로 나온 베이커의 손에는 어딘지 낯익은 것이 들려 있었다.

"뭐 하는 짓이야!"

"우리 중 누구보다 과거에 얽매여 사는 주제에….."

미스터 킴은 베이커가 들고 있는 자신의 스크랩북을 빼앗으려 애썼지만, 베이커는 미스터 킴을 가볍게 떨쳐 냈다. 그러고는 불꽃이 타오르는 드럼통 속으로 스크랩북을 떨어뜨렸다. 드럼통에 들어간 스크랩북이 타닥, 타닥 소리를 냈다. 미스터 킴의 절규가 거친 불꽃에 녹아들었다.

그 순간, 나는 고기를 굽던 집게를 드럼통 안으로 집어 넣었다. 집게의 길이가 짧아 뜨거운 기운이 팔을 훅 덮쳤지만, 조금만 견디면 될 것 같다는 생각에 집게를 놓을 수 없었다.

"그만둬!"

김 원장이 나를 드럼통에서 멀찍이 떼어 내기 전, 나는 드럼통 안으로 더 깊이 팔을 뻗었다. 장작이 높게 쌓여 있던 덕분일까. 스크랩북이 잡히는 감촉이 집게를 통해 전해졌다. 나는 그대로 집게를 들어 올려 스크랩북을 불꽃에서 구해 내고, 한껏 달궈진 집게를 내던졌다. 스크랩북도 바닥에 떨어졌다. 다행인 건 속지는 많이 타지 않아 보인다는 거였다.

"뜨거워 죽는 줄 알았네. 그래도 많이 타기 전에 꺼냈어요!"

"정말이지, 미쳤어. 미쳤어! 마, 마리! 사무실에서 얼음주머니 좀 가져와 주세요. 이파리는 제 차 좀 가져와 주시고요. 바로 응급실에 가 봐야겠어요."

김 원장이 작정하고 불구덩이에 뛰어든 나를 위한 처치를 하는 동안, 미스터 킴은 알 수 없다는 얼굴로 나를 바라보았다.

"대체 왜….'

당장 스크랩북을 꺼내 주고 싶다는 생각이 들었던 게 이유라면 이유였다. 거기에 담긴 의미를 알고 있으니까.

"미스터 킴의 희망 같은 거잖아요."

내 말에 미스터 킴은 고개를 푹 숙였다. 고개 숙인 미스터 킴의 얼굴에서 물방울이 툭 떨어지는 게 보였다.

단 한 번의 기회

"진짜, 미쳤어. 미쳤어."

김 원장은 쉴 새 없이 내게 미쳤다고 말하면서 병원에서 처방받은 화상 연고를 발라 주었다. 불길에 노출된 시간이 길지 않아 팔에는 1도 화상, 손바닥 쪽에는 2도 화상을 입은 것이 천만다행인 일이었다.

"이럴 거면 앞으로 우리 양로원에 출입 금지 당할 줄 알아요."

김 원장의 말에 나는 내가 두 번 다시 고요한 양로원에 가지 못하는 상상을 했다. 그랬더니 화상을 입은 피부보다 마음이 쓰라려 왔다. 그새 양로원 식구들에게 정이 제대로 들었구나, 싶었다.

"농담이라도 그런 말은 하지 말아 주세요."

내가 애써 웃으며 말하자, 김 원장은 말없이 화상 연고를 더 힘주어 바르기 시작했다. 연고 한 통이 다 비어 갈 즈음, 김 원장의 핸드폰이 울렸다.

"여보세요? 네, 마리. 다행히 크게 다치진 않았대요. 그러니까요. 바꿔 줄 수 있냐고요? 잠시만요."

김 원장은 내게 마리의 전화라며 받아 보라고 했다. 내가 핸드폰을 건네받자마자 쩌렁쩌렁한 목소리가 들려왔다.

"괜찮은 거 맞지? 마리가 얼마나 걱정했는지 알아!"

"네, 괜찮아요. 걱정해 줘서 고마워요. 마리."

"이파리는 방에도 못 들어가고 마당만 뺑뺑 돌고 있고. 자, 잠시만."

이번엔 베이커의 목소리가 들려왔다.

"이놈의 자식! 대체 무슨 생각이었던 거야? 정말 무슨 일이라도 났으면 어쩌려고….”

거침없이 말하는가 하더니 베이커는 코를 훌쩍거렸다. 베이커가 우는 건 전혀 상상할 수 없었는데 의외의 모습이었다.

“잠시 있어 봐. 꼭 전할 말이 있다는 양반이 있으니까. 어이!”

베이커는 퉁명스러운 목소리로 누군가를 불렀다. 핸드폰 너머로 실랑이하는 소리가 들려오는가 하더니, 누군가의 헛기침 소리가 들려왔다. 이내 들려오는 점잖은 목소리, 미스터 킴이었다.

“저기, 내 일로 피해를 보게 해서 미안해요.”

미스터 킴의 사과라니.

내가 사과를 받게 될 거라고는 전혀 생각지 못했기에 어떤 대답을 해야 할지 알 수 없었다. 내가 아무런 말을 하지 않자, 미스터 킴이 머뭇거리며 말을 이어 갔다.

“그리고… 고마워요.”

고맙다고 말해 주니 되려 내가 고마웠다. 드디어 미스

터 킴과 제대로 된 대화를 할 수 있을 것 같았다.

"정말 저한테 고마우시면⋯ 제 부탁 하나만 들어주실 래요?"

미스터 킴의 눈동자에 물음표가 떠 있을 것만 같았다.

"제가 만든 ASMR을 한 번이라도 들어 봐 주셨으면 해요."

내 말에 미스터 킴은 깊은 한숨을 내쉬었다. 어지간하다, 네 녀석도. 한숨이 그렇게 말하는 것만 같았다. 나는 가만히 미스터 킴의 대답을 기다렸다.

"그래요, 그럼. 대신 딱 한 번만이야."

그렇게 그의 편안한 잠을 위해 노력해 볼 수 있는 기회가 왔다.

"그러니까, 이제 문제는 미스터 킴이 좋아할 ASMR을 만드는 데 있다, 이거지."

내가 고개를 끄덕이자 동하는 내 손에 둘둘 감긴 붕대를 보면서 물었다.

"그게 그럴 만큼 확실히 가치가 있는 일이야?"

"어?"

"그렇잖아. 이렇게 다치면서까지 할 일인지 난 모르겠
단 말이지."

동하가 나를 걱정해서 하는 말인 걸 알면서도 기분이
썩 좋지 않았다.

"꼭 모든 일에 가치를 따져야겠냐."

심드렁한 얼굴로 되묻자 동하는 영문을 모르겠다는 듯
나를 봤다.

"언제부터 그렇게 모든 일에 진심이었다고 그래."

동하의 말에 뭐라 반박하고 싶었지만, 그럴 수 없었
다. 동하의 말이 옳았다. 나는 모든 일에 심드렁한 편이
었다. 그게 효율적이라 생각해서였다.

그냥 좀 알아 달라는 거야.

지난번 만남에서 영원이가 내게 했던 말이 떠올랐다.
이제야 그 말의 의미를 알 것만 같았다.

단 한 번의 기회

"좀 다르게 살아 보는 것도 나쁘지 않을 것 같아서."

"그래?"

동하는 흥미로운 수학 문제를 보는 것처럼 나를 응시하다가 희미하게 웃었다.

"그것도 괜찮겠네."

왜 달라지려고 하는지 이유를 묻지 않는 동하가 고마웠다.

"미스터 킴이란 사람이 좋아할 만한 ASMR이 뭔지는 모르겠지만 말이야. ASMR이란 게 대리만족 같은 거잖아."

"대리만족?"

"내가 가고 싶지만 가지 못하는 곳의 소리나, 하고 싶지만 하지 못하는 것들에 대한 소리를 듣고 싶을 때, 그럴 때 찾는 게 ASMR이라고 생각하거든, 나는."

"하고 싶지만 하지 못하는 것들….'"

나는 동하의 말을 되풀이하며 생각했다. 그랬더니 답이 보이는 것도 같았다.

"동하야, 우리 학교 도서관 말이야."

"어, 왜?"

"거기 프린트 되지?"

"아마도? 얼마나 하게?"

나는 손가락을 전부 펴 보였다.

"열 장?"

"아니, 백 장."

동하의 당황하는 얼굴은 실로 오랜만이었다.

"부탁이 있어요, 베이커."

주말도 아닌 평일 저녁에 양로원을 찾아가 제일 먼저 찾은 것은 베이커였다. 나는 베이커에게 김 원장과 미스터 김을 제외한 사람들을 모아 달라고 부탁했고, 베이커는 툴툴거리면서도 내 부탁을 들어 주었다.

양로원 식구들이 모인 베이커의 방에서 나는 어렵게 이야기를 꺼냈다. 베이커는 내 말을 듣고 경악했다.

"아, 안 돼. 그러다가 우리 관계 진짜 끝나."

"책임은 제가 질게요."

"에이, 그래도 찝찝해."

베이커는 손사래를 치며 내 부탁을 거절했다.

"그게 맞는 건지 모르겠네."

마리도 부담스러운지 발을 빼고 싶어 했다. 이파리는 여전히 무슨 생각인지 알 수 없게 눈을 끔벅거릴 뿐이었다. 결국 나도 무기를 써야 했다.

"저, 잠시만요. 손에서 진물이 흐르는 거 같네요. 붕대 좀 갈고 올게요."

나는 엉거주춤 자리에서 일어나 사무실로 가는 척 했다. 그러자 베이커가 앓는 소리를 내더니 나를 멈춰 세웠다.

"가만 보면 사람을 휘두르는 재주가 있어."

"책임은 제가 진다니까요."

정확히 사흘 뒤, 베이커로부터 내가 부탁한 일을 해냈다는 연락이 오자마자 나는 양로원을 찾았다. 베이커는 초보 스파이처럼 양로원 바깥을 서성거리고 있다가 나를 보자마자 손을 세차게 흔들었다.

"여기, 여기야. 빨리 받아 가."

베이커는 내게 그것을 건네는 순간까지도 눈을 질끈 감으며 불안해했다.

"이게 정말 맞는 걸까? 괜히 사람 마음 들쑤시는 꼴이 될까 봐."

"이미 미스터 킴은 밤마다 찾아오는 고통을 견디고 있을 거예요. 저는 그 고통을 함께 나누고 싶은 거고요. 언젠간 미스터 킴도 제 마음을 알아주실 거라 믿어요."

이제 남은 건 프린트기에 열이 날 때까지 반복해서 프린트를 하는 것, 녹음용 마이크를 챙기는 일뿐이다.

나에게 주어진 단 한 번의 기회를 놓치지 않기 위해.

메이크 노이즈

내게 익숙하면서 많은 사람이 오가는 곳.

집 근처에 있는 공원은 두 가지 조건을 충족시키는 완벽한 장소였다.

나는 한낮의 공원 한가운데에서 공연 직전 무대에 선 배우처럼 숨을 크게 들이 내쉬고 마셨다. 그리고 계속 연습해 온 대사를 큰 소리로 내뱉었다.

"저기, 이것 좀 봐 주실래요?"

"이게 뭔데요?"

"이건⋯."

나는 볼품없는 말솜씨로 손에 들고 있는 프린트에 대한 설명을 주절주절 이어 나갔다. 듣다 말고 가 버리는 이도 있었지만, 대부분은 차분한 태도로 내 이야기를 들어 주었다. 부디 내가 원하는 대로 이루어지길 바란다고, 따뜻한 말을 남기는 사람도 간혹 있었다. 그럴 땐 온 세상이 모두 아름답게만 보였다.

공원을 몇 바퀴나 돌았는지 몰랐다. 숨이 차올랐다. 얼마나 걸었는지 궁금했지만, 핸드폰을 열어 오늘의 걸음 수를 체크할 여유 따위 없어진 지 오래였다. 면으로 된 반바지를 입었는데도, 바지 속까지 땀으로 축축해진 게 느껴졌다. 한여름날, 밖에서 몇 시간을 돌아다녔으니 당연한 일이었다.

더 큰 문제는 집으로 돌아가는 길에 발견되었다. 내가 걸어온 길로 다시 되돌아가는데, 사방에 내가 나눠 준 프린트가 떨어져 있는 게 보였다. 벽에 붙인 것들이 떨어진 게 아니었다. 누군가의 손에 건넸던 것들이 볼품없이 바닥에 버려진 거였다.

한순간에 세상의 명도와 채도가 떨어져 흑백처럼 보였다. 바닥에 떨어진 프린트를 주울 때 손가락 끝이 울퉁불퉁한 시멘트 바닥에 닿자 서럽기까지 했다.

하지만 울적한 마음은 사치였다. 내가 벌인 일을 책임지는 게 먼저였다. 땅에 떨어진 것들을 모두 줍고 나서 나는 핀 마이크에 대고 말했다.

"녹음 완료."

집에 돌아오자마자 핸드폰을 컴퓨터에 연결했다.

후욱후욱.

맴맴맴매애애애맴.

이거 뭐 하는 거예요?

엄마!

같이 가야지. 안 넘어지게

이런 거 쓰레기만 생기는 거 아니에요?

띠링띠링

꼭 찾으면 좋겠네요

많은 소리를 담아 하나의 음원 파일로 만들어 냈다. 나는 이대로 음원 만들기를 끝낼까 하다가 마음을 바꾸었다. 마무리 멘트를 넣기로 한 것이다.

나는 내가 고른 말이 미스터 킴에게 위로가 되길 간절히 바랐다.

준비를 마친 나는 녹음 파일을 넣은 유에스비를 들고 미스터 킴을 찾아갔다. 어떤 반응을 보일지 알 수 없기에 두려운 마음과 설레는 마음이 뒤엉켰다.

그냥 없던 일로 해 버리고 싶은 생각도 없지는 않았지만, 그러면 나중에 후회라는 그림자가 나를 누를 것만 같았다. 그러느니 욕을 먹고 끝나더라도 한번 시도나 해 봐야지 싶었다.

어느 때보다 무거운 발걸음으로 도착한 미스터 킴의 방에는 여전히 짙은 커피 향이 그득했다. 미스터 킴은 유에스비를 받아 들고 빤히 보더니 내게 물었다.

"내가 이걸 들어도 잠이 오지 않으면, 그땐 어떻게 할 건가요?"

미스터 킴의 질문엔 어떤 악의도 없었다. 다만 서늘하다 싶을 정도의 권태로움이 느껴져 마음이 아렸다.

"잠이 오지 않을 수 있어요. 하지만 저는 이걸 만드는 동안 아주 조금이나마 미스터 킴의 입장을 알 수 있었어요. 그러면서 더욱더 진심으로 미스터 킴을 돕고 싶다는 생각이 강해졌고요."

아직 내가 만든 ASMR을 듣기 전이었기에 미스터 킴은 영문을 모르겠다는 눈을 하고 있었다. 나는 모든 것에 지쳐 버린 미스터 킴보다 무언가를 궁금해하는 미스터 킴의 모습이 훨씬 보기 좋아서 굳이 답을 알려 주진 않았다.

"꼭 한 번 집중해서 들어 봐 주세요."

나는 그 말을 끝으로 미스터 킴의 방을 나섰다.

ASMR 끝에 붙인 "오랫동안 혼자 들고 있던 짐을 이제 나눠 들었으면 해요."라는 멘트가 부디 미스터 킴의 마음에 닿길 바라면서.

"양로원 직원으로 고용된 건 아니지?"

김 선생은 내가 김 원장에게 받아 온 봉사 활동 확인서를 보며 말했다. 나는 고개를 저었다.

"그냥 가고 싶을 때마다 갔더니 이렇게 된 것뿐이에요."

"그렇단 말이지. 좋아하는 장소가 생겨서 다행이다."

나는 김 선생의 말에 흠칫했다. 김 선생이 우리 엄마랑 똑같은 이야기를 했기 때문이었다. 김 선생이 나를 어떻게 생각하고 있는지 알 수 있는 순간이었다.

"장소라기보단… 거기 사람들이 좋아진 것 같아요."

"그럼 더 다행이네."

김 선생이 대단히 만족스러운 식사를 한 것 같은 얼굴을 하고 말했다.

"이번 주말도 거기 가는 건가, 그럼?"

"아니요, 이번 주는 안 가요. 다른 할 일이 있어서요."

나는 열심히 돌아갈 프린트기를 생각하며 웃었다. 이번에 도서관에 가면 사서 선생님이 개인적으로 프린트기를 구매하라고 잔소리를 할지도 모를 일이었다.

'젊어서 고생은 사서 한다.'는 말처럼 바보 같은 말이
또 없다고 믿었건만.

그 바보 같은 말을 나는 착실히 실천하고 있다.

햇살이 따가운 여름 오후. 나는 하던 일을 잠시 멈추
고, 나무 아래 벤치에 앉았다. 가방에서 생수를 꺼내 마
시려는데, 누군가 말을 걸었다.

"무슨 말을 하고 싶어서 부르나 싶었는데, 이게 다 뭐야."

내가 벤치 위에 놔 둔 프린트, 그러니까 미스터 킴의
딸 김정아 씨의 얼굴이 담긴 종이를 본 영원이가 물었다.

"내가 봉사하러 가는 양로원에 계신 할아버지의 딸이
야. 오래 전에 잃어버렸다는데 찾아 드리고 싶어서."

영원이는 땀에 전 나를 보며 다그쳤다.

"생판 남인데 왜 이렇게까지 하는 건데?"

영원이의 말 뒤에는 '가족인 나한테는 그렇게 무심했
으면서.'라는 질책이 숨어 있는 듯했다.

"남을 위한다는 게 뭔지… 알아 가려고."

고요한 양로원에서 보낸 시간 덕분일까.

나는 동생에게 제법 낯부끄러운 말을 할 수 있을 정도로 달라졌다.

"거기엔 너도 포함되어 있어. 그 말을 하려 부른 거야."

나는 내가 마시려던 물을 영원에게 건넸다.

"여태까지 신경 못 써 줘서 미안하다."

영원이는 아무 말도 하지 않았다. 붉으락푸르락한 얼굴이 화를 참고 있는 것 같기도 하고, 울음을 참고 있는 것 같기도 해서 더는 말을 꺼내지 않았다.

그때 우리의 정적을 깨는 이가 나타났다. 낯선 장소를 걷는 것이 오랜만인 듯 위태로운 발걸음….

미스터 킴이었다.

"정원 학생이 있을 만한 장소를 알아내기 위해 녹음 파일을 얼마나 들었는지 몰라요."

미스터 킴의 손에는 내가 열심히 건넨 프린트가 들려 있었다. 몇 개는 지저분하게 보이는 게 아마도 땅바닥에 굴러다니는 것들을 주워 온 모양이었다.

"녹음 파일을 여러 번 듣다 보니 정원 학생이 무슨 일을 벌이는지 짐작이 가더군요. 짐작이 확신으로 바뀌었을 땐, 왜 사람을 뒤흔들어 놓는지 화도 났는데… 지난번에 정원 학생이 내 스크랩북을 '희망'이라고 불렀던 게 떠오르더라고요."

미스터 킴은 전단지 속 얼굴을 만지작거렸다. 무수한 세월이 지났음에도 아직 소녀의 얼굴로 남은 자신의 딸을 보는 미스터 킴의 모습을 보고 있자니, 내가 요 며칠 느낀 허무함은 미스터 킴이 긴 시간 느껴 온 감정에 비하면 아무 것도 아닐 것 같았다. 미스터 킴은 얼마나 오랜 시간 딸을 찾아 헤매었을까.

미스터 킴은 내 앞에 있는 프린트 몇 장을 자기가 가져온 종이 위에 포개었다.

"제가 나눠 주려고 한 건데…."

"나도 같이 해요. 내가 하고 싶어서 하는 거니까 부담 갖지 말고."

"그래도 힘드실 텐데."

"이렇게 밖으로 나온 게 너무 오랜만이라 힘든지도 잘 모르겠어요. 그래도 덕분에 오늘 밤에는 정말 잠이 올 거 같아⋯."

조금 감긴 미스터 킴의 눈에는 나른함이 담겨 있었다.

"고마워요, 진심으로."

"뭘요⋯. 이제는 정말 편안히 주무셨으면 좋겠어요."

미스터 킴과 대화를 나누는 동안 영원이는 내 옆에서 이러지도 저러지도 못하고 있었다. 그런 영원이를 미스터 킴이 알아봤다.

"옆에는 동생?"

내가 고개를 끄덕이자, 미스터 킴은 영원이를 향해 환하게 웃어 주었다.

"꼭 닮았네요, 둘이."

원래 자주 웃던 사람처럼 미스터 킴의 웃음이 자연스러웠다.

"이런 형이 있다는 건 복 받은 일이에요. 무척이나 좋은 사람이거든요, 정원 학생은."

영원이는 미스터 킴의 눈을 피하며 기어드는 목소리로
말했다.

"알아요, 저도."

영원이는 여전히 화난 얼굴을 하고서 말은 잘도 했다.
나는 그게 영원이가 내민 서툰 화해의 손길이라는 걸 모
를 만큼 바보는 아니었다.

에필로그

"잠을 자지 않는 동안, 무얼 하면서 시간을 보내셨어요?"

어째서일까. 양로원 식구들 모두 함께 김 원장의 승합차를 타고 이동하던 중에 그런 질문이 터져 나온 것은.

"뭘 그런 걸 또 물어, 얘는."

베이커는 손사래를 치면서도 미스터 킴을 힐끔거리는 게 자기도 그 답이 궁금한 모양이었다. 마리 역시 평소답지 않게 차분한 것이 베이커와 같은 마음인 듯했다.

"그냥 가만히 있었어요. 아무것도 하고 싶지 않았거든

요.”

꾸밈없는 답변에 잠시간 침묵이 흘렀다. 미스터 킴은 그런 우리를 보고 그렇게 무게 잡을 필요 없다는 듯 가볍게 웃었다.

“가만히 있다 보면요, 청력이 얼마나 좋아지는지 몰라요. 눈을 감으면 소리가 더 잘 들리는 것처럼요.”

“어떤 소리를 들으셨는데요?”

“정말 별별 소리를 다 들었죠. 베이커가 자다 말고 새벽에 트럼펫 부는 소리, 그 소리를 듣고 마리가 뛰어 올라와서 뭐라고 하는 소리…. 간혹 이파리가 정원에서 이상한 노래를 부르는 소리까지 다 들었어요. 그 이상한 춤이랑 같이.”

“내가 언제 이상한 노래를 부르며 춤을 췄다고 그러나.”

이파리의 말에 승합차가 들썩일 정도로 모두가 폭소했다.

“그럼 독특하다고 해 두죠. 아무튼 처음엔 그 모든 소리가 다 짜증이 나고 싫었어요. 조용히 좀 있고 싶은데 계속 소리가 들리니까."

그럴 만했다. 원치 않는 소음은 사람을 신경질적으로 만드니까.

"그런데 이번에 여러 가지 일을 겪고 보니까, 짜증이 나는 게 단순히 소리 때문이 아니었던 것 같더라고요."

"그럼요?"

"그 소리에 스며 있는 일상의 행복이 부러웠던 거예요, 나는."

미스터 킴은 덤덤하게 말했지만, 나는 마음이 찡해졌다. 이렇게 솔직하게 말해도 되는 건가 싶었다.

"어쩌면 나도 그 속에 들어가길 원했던 건지도 모르죠."

정말 이렇게까지 솔직할 줄이야.

나는 코가 매워지는 느낌을 떨쳐 내려 핸드폰을 꺼냈다. 눈물을 참기 위해 핸드폰을 꺼낸 건데 때마침 영원에게서 문자 메시지가 와 있었다.

못 갈 수도 있다고 폼이란 폼은 다 잡더니, 기특하게도 우리의 목적지로 오고 있는 모양이었다.

"제 동생도 온다네요."

"아, 잘됐네. 한 명이라도 있으면 좋잖아요. 내 동생도 부를 걸 그랬나."

김 원장의 말에 나는 딱 잘라 "아니요."라고 말했다. 주말까지 담임 선생님을 보고 싶은 학생은 없다.

"내 말은, 나를 사람들 속으로 다시 들어가게 해 줘서 고맙다는 거예요."

미스터 킴이 막간을 이용해 마지막 한 방을 날렸다. 사람들 속에 들어가게 해 줘서 고맙다니…. 그건 내가 미스터 킴을 비롯한 모두에게 전하고 싶은 말이었다.

하지만 나는 여전히 낯간지러운 말을 입 밖에 낼 용기가 없었다. 대신 내 마음을 대신할 수 있는 말들을 속사포처럼 뱉었다.

"오늘 자기가 맡은 역할, 다들 잊지 않으셨죠? 방송국 앞 공원에 도착하면, 미스터 킴이 바로 간이 무대를 세팅해 주시는 거예요. 무대 세팅되면 베이커가 트럼펫 공연 시작하시고요. 사람들이 좀 모이면 저랑 마리가 프린트를 나눠 줄게요. 모인 사람들이 빠진다 싶으면 이파리가 춤을 추기로 한 거, 잊으시면 안 돼요. 김 원장님은 간식이랑 물 챙겨 주시고⋯."

"알겠습니다, 대장님."

미스터 킴의 넉살에 웃음이 나는 동시에 긴장이 스르르 풀렸다.

"방송국 앞이 우리 때문에 무척이나 시끄러워지겠어요."

"시끄러운 게 꼭 나쁜 건가?"

마리의 말에 베이커가 성을 냈다.

"내 연주를 듣고 시끄럽다고 난리 칠 땐 언제고?"

이파리가 점잖게 덧붙였다.

"상황에 따라 다른 거죠."

에필로그

나는 세 사람의 만담에 웃음을 참을 수 없었다. 양로원 사람들이 주고받는 말소리에 내 웃음소리가 뒤섞여 환상적인 노이즈가 만들어지고 있었다.

단잠에 들게 하는 ASMR이 되기는 틀렸지만, 언젠가 세상에 나 홀로 남겨진 것 같은 착각이 들 때 두고 두고 틀어 놓을 소리였다.

작가의 말

언젠가부터 저는 저와 다른 연령대의 사람을 보며 '이 나이대는 이렇다', '저 나이대는 이렇다' 하는 몹쓸 편견에 빠지게 되었습니다. 제가 본 사람들이 그 연령대에 속한 모든 이들이 아닌 걸 알면서도 그랬던 이유는 그것이 제가 그들을 이해할 수 있는 가장 손쉬운 방법이었기 때문입니다. 그것이 좋은 방식이 아닌 건 알고 있었지만, 완전히 잘못됐다는 걸 인식하게 된 것은 근래의 일입니다.

그런 의미에서 《너와 나의 노이즈》는 나와 연령대와 다르다는 이유로, 나와 그들 사이에 확실한 선을 긋고

재단했던 내 자신에 대한 부끄러움을 담은 작품이라 할
수 있습니다.

주인공 정원은 십대 청소년으로, 어떤 일이든 쉽게 마음을 쓰지 않습니다. 그것이 자신의 마음을 다치지 않게 하는 일이라 믿기 때문입니다. 하지만 동생 영원이 벌인 어떤 일들로 인해 정원은 원치 않은 복잡한 감정에 휩쓸리게 됩니다.

이런 정원에게 나타난 것이 고요한 양로원 식구들입니다. 노인인 그들은 저마다의 개성의 뚜렷한 인물들로, 그중에서도 까칠한 성격인 미스터 킴은 정원의 관심을 끌게 됩니다.

정원은 미스터 킴에 대해 알아보려 하는데요. 그 과정에서 자신이 절대 이해할 수 없을 것만 같던 이들과 친구가 되고, 자신의 어떤 행동이 누군가에겐 상처가 되었음을 깨닫게 됩니다.

이 작품은 정원과 미스터 킴의 나이 차이를 떠나, 한 사람이 한 사람에 대해 알아가면서 공감하게 되고, 결국엔 서로를 보듬는 이야기라고 생각해 주시면 되겠습니다.

부족한 작품을 여러모로 섬세하게 다듬어 주신 키다리 출판사 편집부에 진심으로 감사한 마음을 전합니다. 제가 작품을 쓸 때마다 응원과 힘을 주는 민준에게도 늘 고맙다는 말 전하고 싶고요.

　이 작품을 끝까지 읽어 주신 독자님들께 다음에도 꼭 뵙고 싶다는 말을 전하며 글 마칩니다. 재밌는 독서가 되었길 바랍니다. 감사합니다.

전여울 올림

너와
나의
노이즈

1판 1쇄 발행 2024년 7월 12일
글 전여울
펴낸이 김상일 | **펴낸곳** 도서출판 키다리
편집주간 위정은 | **편집** 이신아 | **디자인** 이기쁨 | **마케팅** 백민열, 장현아 | **관리** 김영숙
출판등록 2004년 11월 3일 제406-2010-000095호
제조국 대한민국 | **사용연령** 10세 이상
주소 경기도 파주시 심학산로 10
전화 031-955-9860(대표), 031-955-9861(편집) | **팩스** 031-624-1601
이메일 kidaribook@naver.com | **블로그** blog.naver.com/kidaribook
ISBN 979-11-5785-715-9 (43810)